월암산 달빛 아래서

월암산 달빛 아래서

펴 낸 날 2021년 12월 17일

지 은 이 월암 이민식
펴 낸 이 이기성
편집팀장 이윤숙
기획편집 윤가영, 이지희, 서해주
표지디자인 이윤숙
책임마케팅 강보현, 김성욱
펴 낸 곳 도서출판 생각나눔
출판등록 제 2018-000288호
주   소 서울 마포구 잔다리로7안길 22, 태성빌딩 3층
전   화 02-325-5100
팩   스 02-325-5101
홈페이지 www.생각나눔.kr
이 메 일 bookmain@think-book.com

• 책값은 표지 뒷면에 표기되어있습니다.
  ISBN 979-11-7048-331-1(03810)

월암 이민식 시집

월암산 달빛 아래서

삶을 즐기는 농부

생각나눔

월암산 달빛 아래서

내 뜻대로
살련다

가을날 아침의 유희

대추씨 같은 햇살이
타작마당 콩알 구르듯
대지에 쏟아지면
간 밤 꿈길에서 만난
낯선 얼굴들이
돌아서는 발걸음으로
오색구슬 방울 같은 이슬을 딛고
총총히 사라지고
추수 끝난 빈 벼 그루터기에
앉은 오리아저씨 긴 하품에
놀란 메뚜기의 힘찬 뒷차기에
돌멩이 빠진 호수의
잔 물결처럼
삶의 유희가 봄날 아지랑이처럼
아롱아롱 춤추면
유행가 멜로디에 흥겨운
농부의 곡갱이 소리에
힘이 들어간다
새 신부가 행복을 꿈꾸듯
늦가을 농부의 희망가가 익어간다

2020. 10. 15. 11:59 이민식

놀란 가슴

간밤에 꿈을 꾸었습니다.
내겐 사랑스런 손자 준희가 있습니다.
꿈길에서 놀다가
아이를 잃어버리고 얼마나 찾다가
놀란 가슴으로
헐레벌떡 일어나
콩타작하는 심장을 달래며
소중한 것에 대한 소홀함이 얼마나 무서운지
저 넓은 하늘이 파랗게 멍이 들도록 울었습니다.
깊은 반성이 밀려왔습니다.
불평이 얼마나 부끄러운지.
부드럽지 못한 나의 행동이 얼마나 유치한지
소중한 것에 대한 나의 마음이
유월의 장맛비가 되어
한 올 한 올 심장과 살이 풀려 나갔습니다.
아이가 아무리 힘들게 해도
아이가 아무리 귀찮게 해도
소중한 것을 잃어버리고 난 후
후회의 눈물이 바다가 되어
내 마음과 몸이 표류할 것을 상상하면
내가 지금 무엇을 할 것인지를 압니다.

지금 내게 와준 지금 내가 가장 지키고 싶은

소중한 것에 대하는

나의 태도가 얼마나 불성실한지

귀중한 것을 잃어버리고 한탄하는

내 모습이 얼마나 어리석은지

댐이 깊은 물을 막 듯 난 후회 깊은 마음을 막기 위해

지금부터라도 소중한 것에 대해 예의와 지킴과

절실한 심정으로 흩어져가는 나의 초심을 꽉 붙들어 맵니다.

귀찮음, 불성실, 화냄은 가라

난 나의 소중한 것을 위해 오늘도 감사함으로 반성하련다.

2020. 10. 15. 밤 1시 36분
꿈속에서 준희를 잃어버리고
놀란 가슴 진정이면서….
일상의 행복에 너무나 감사하다.

오늘도 좋은 날

여우 꼬리만큼이나 긴 어제는
낚싯줄에
오늘이란
세월을 낚아 놓고
기억 저편으로
총총히
사라지고
흩어지고
먼지처럼
많은 만물들의 사연들을
태양의 용광로에 녹여
태양은 오늘에 금실을
마구마구 뽑아내구나
금실을 한 올 한 올
촘촘히 엮어
그물을 만들자
행복이 지나갈 때
웃음이 지나갈 때
확 던져버리자
오늘도 좋은 날

2020. 10. 20. 08:13

마이웨이

새벽 찬 공기가
품속까지 사랑이 깊어지고
찬바람이 전해준
슬픈 전설에
이야기를 들은
낙엽은 하나 둘 아침 햇살에
저마다 빛깔로 마을을 표현한다
어제라는 익숙한 거리를 지나
가보지 않은
오늘과 마주쳤네
지나온 길은
그립고 편안한 것이지만
오늘은 두렵고 설렌다
난 오늘은 어떤
연극을 할까?
심술의 놀부
당하고만 사는 흥부
구멍 속의 생쥐
무작정 기다리는 고양이
아니야
오늘은 푼수 끼 있는

설렘이 가득한 호기심이 있는
헛다리를 짚을 거야
돈키호테처럼
누가 뭐래도 마이웨이를

2020. 10. 21. 07:05

가을

먼 곳에서
온 손님의
속삭임으로
나뭇잎은
사연 깊은 연서를
낙엽에 아로새겨
연인들의
가슴에 싣고
들판을 누비며
징기스칸처럼
땅을 정복해 가는
기계 소리에
멀찌감치 나앉은
메뚜기
오두막집
호롱불처럼
놀란 두 눈만
깜박거리네

2020. 10. 23. 이민식

가을날 아침 풍경

가을빛 익은
아침 이슬은
앞집 지붕 위에
철새 떼 앉은 듯
옹기종기 모여
회의 중이고
전봇대 빨래터에서는
참새 아지매들의
무용담이
재미있다
옅어져 가는
아침 햇살이
내 마당 감나무 가지에 걸리면
물드는 감잎 사이 사이로 잠든
살짝 수줍은 감 볼이
분홍빛으로
짙어져 하는 걸 보니
시집갈 때가
되었나 보다
천장갈비만 헤아리는 게으른 농부도
오늘은 베짱이가 아닌
개미가 되어볼까?

2020. 10. 27. 이민식

해 저물어가는 가을 강

달빛에 풀어놓은
선녀의 허리띠 같은
곱디고운 노을빛 강에
사연 많은
단풍잎 하나, 둘, 셋
동동거리며
노를 저어 가는데
태양은 산마루에서
신선놀음하듯
아름다운 노을빛 소리로
그물을 치면
세상사에 지친
피라미, 중태, 송어, 잉어, 붕어
동네주민 다 나와
번쩍번쩍
은빛에 풍악을 울리고
만추에 흥이 겨워
하이얀 모래밭에서
한 잔
두 잔
인생에
잔을 기울이는 그대는 누구인가?

2020. 10. 28. 이민식

백수의 아침 결심

몰라 몰라 나는 모른다
세상사 인간사를
어느 순간 훌쩍 다가와
홀연히 사라지는 꿈같은 일이기에…
오늘도 그 깜짝 마술에 빠져
세상사, 인간사 놀이패를 들고
이래 볼까, 저래 볼까
노름꾼 화투패 풀 듯
고민 고민하다
가난한 선비 농사일소 사듯
신중히 아침에 패를 풀어본다
어제 일은 어영부영
지내다 보니 인생 곳간에 알곡이 없네
오늘은 정신 바짝 차리고
야린 마음으로 가늘고 길게 신선이
가을 강둑에서 낚시하듯이
한 올 한 올 낚아보리다
흥부가 곡식을 메고
집으로 가는 발걸음으로
오늘도 신명 나게 춤 한번 추어볼까

2020. 10. 29. 이민식

비상

밝고 둥근 아침 해가
찬란하게
대지를 비치면
간밤 북풍 찬 서리에
온몸이 굳어진 허리를 편다
그는 누군가 개구리다
지나간 것은 다시 돌아오지 않고
세상일은 생각하는 대로
되는 않는 것
오늘 아침은 뒷다리
죽 뻗고
뛰어나 보게나

2020. 10. 30.

예담촌 가는 길

안개 짙은 호수를 지나
강물처럼 굽이굽이 흐르는 길 따라
제각각 모양의
차들이 헤엄치듯
갈래갈래 이어진 길 따라 걸어간다
산굽이 굽이마다 물안개 아물거리는 장터에
사연 많은 가을 이야기들
숲길에 들어서면
대통령 공약처럼, 국회의원 공약처럼
나뭇잎은 단풍비가 되어 하늘하늘 흩날린다
차가운 심장만큼 차분한 강물은
먼 곳에서
또박또박 걸어오는 여인의 발자국 소리 되어
잔잔히 어른거리고
산마루엔 꿈 많은 구름 섬 걸렸구나
참새들 아침 조찬이 끝날 때쯤
풍채 좋은 산에 곰처럼 웅크리고 앉은
예담촌이 보이고
공항 이별을 전송하듯
건물보다 더 높이 선 대나무 잎들이
살랑살랑 손을 흔들고

가을 들판 촌노의 담배 연기처럼

한숨이 깊어 목이 멘다

꿈으로 시작된 빗방울이

지금은 후회가 되어

저녁연기처럼

가늘게 가늘게 흩어져간다

낮의 밝음이 어둠 속으로 흡수되어

새로운 밝음으로 거듭 거듭 태어나듯이

돌고 도는 세상사

남사촌의 꿈은 물레방아에 심고 이젠

내일의 로또를 꿈꾸어 본다

2020. 11. 9.

하루를 시작하며…

새벽안개의
화려한 군무의 잔치가 걷히고
지붕에도 떨어진 단풍잎에도
꿈결 같은 하이얀 서리가
전을 접을 때
태양은 동산에 올라
힘찬 입김을 쏟아낸다
비로소 세상은 오늘 하루의
첫 페이지가 열린다
글을 써볼까
그림을 그려볼까
망설임 없이
아무거라도 그려야 하겠다
망설임은 아무것도 추수할 수 없으니까
오늘은 희망이라 하는
씨앗을 심어보려고
자기도 오늘은
자기에 꿈을 심어보렴
다 같은 하루의
여백이지만
석양빛에 비치는 그림자는 다른 거야
자 힘내

2020. 11. 11. 이민식

선사의 하루

아침에…
담배 연기같이
솔솔 입김 따라
꼬리긴 장닭의 기세 높은 외침이
아침 서리에 얼어붙은
햇살을 살포시 지르밟고
이웃집 암탉에게로 달려간다
아침 식사 후
모락모락 김이 나는 차 한잔과
대화를 나눈다
백수야
오늘 뭐 할 거니?
머릿속은 이것을 해볼까?
저것을 해볼까?
동분서주, 우왕좌왕인데
정작 몸은 자석에 붙은 쇠붙이인 양
의자와 한 목이네
오늘도 정해진 길 따라나서니
할 일이 태산인지라
뭐부터 할까
우왕좌왕 허덕이는
선사의 하루

2020. 11. 12.

인연의 씨앗

어제는 스펀지에
물 스며들 듯이
망각 속으로
사라져 가고
잊혀져 잊혀져만 가는 그 세월이
큰 원을 그리며 날아간다
오늘은 연줄처럼 가늘게 이어진
어제와의 인연
지금이라도
푸른 들판에 인연이라는 씨앗으로
무얼 심어볼까?
오호
흥부의 박씨를 심어
따뜻한 햇살
시원한 달빛을 주자
광대가 외줄 타듯
오늘도 낚싯대를
힘차게 휘둘러볼까?

2020. 11. 13. 금요일

성공의 씨앗

안녕
어제는 행복했니?
오늘은 잿빛 하늘이
불만이 가득하네
비를 내려 볼까?
아님 눈이라도
심술부려볼 날씨야
이런 날
사람들은 대다수
기분이 축 처지지
성공하는 사람들을 이럴 때
자기 최면을 걸지
수리수리 마수리
기분 좋아져라 주문을 외우고
씨익 한번 웃고
아침을 열지
날씨에 기죽지 말고
우리 모두
씩씩하게
출발

2020. 11. 18. 수요일

세월 유수

추수가 끝난 가을 들판에
참새 친구도 메뚜기 친구도
집으로 돌아가고
허수아비 아저씨
홀로 세레나데를 부르고
산 너머 흰 구름
구름비 되어 장단 맞추면
빗방울은 동그란 우산을 만들고
쉬어 가라 하네
비 젖은 낙엽은
골목길 돌아가는
노인네 뒷모습이다
이렇게 늦가을 비
촉촉이 내리는 날이면
옛날 어릴 적
친구와 선술집에서
막걸리 한잔과 젓가락 장단이 생각나네
그 시절이 그리운 걸 보니
내 이마에는 세월이 아로새겨지고
머리카락에는 인생의 깊이가 물들었나 보다
지나가는 시간에게 묻는다

난 이제
어디로 가는지를

2020. 11. 19. 목 오전 6시 21분

아침 풍경

아침 먹고 옥상에 올라
빨래를 널고 세상을 감상한다
속 타는 하늘과
꿈 많은 땅은
비를 통해
대화를 나누고
전깃줄에 매달린
빗방울은 세상과
대화를 나눈다
가을 찬비에
몸 젖은 굴뚝새는
간밤에 찬비 맞은 옷매무새를
처마 끝에 앉아
깃털을 돈 세듯 또 세고 또 세는구나
절정에 이른
노오란 국화는
날 좀 보소 하고
담장 밖으로 몸매를 자랑하고
신이 난 구름은
살랑살랑 부는 바람을
스키 타듯 대나무에 쏜살같이
미끄러지는구나

2020. 11. 19. 목 오전 8시

할배의 기도

먼 곳에서 캐럴 소리가
조는 듯 흐르는 듯 들리고
밤을 기다리는
크리스마스트리는
시간이 지겨운지
졸린 눈을 희미하게
깜빡인다
햇살이 하루일과를
끝내려고 산마루에 올라서면
산 그림자가 곳간에 곡식 채우듯
내 앞마당을 가득 채울 쯤
나무 그늘은
팥쥐 어미 심술 부리듯
지붕 위에 흥부네 집
서까래를 올리면
석양빛은 가난한 선비 집 비 새듯
가늘게 흐를 때
계획도 없이 소문도 없이 마술처럼 손자가 왔네
언젠가 꿈꾸어 왔던
꼭 한 번쯤 해보고 싶던 일을
세상에서 가장 좋은 친구

할배와 손자가 산을 오른다
초겨울이라
낙엽은 첫눈이 내린 스키장 눈처럼
수북하고 할배 손잡은 손자는
구름 탄 손오공처럼 세상이 신기하다
손에 작은 꼬쟁이 대신 여의봉을 들고

개미집 문도 똑똑 두드리며 계셔요?
안부 묻고 작게 파인 구덩이를 들어다보며 토끼야 안녕?
준희 놀러 왔어요. 하네
튼실한 소 등짝 같은 정상에 올라 정복한 외침
야호 대신 돌멩이를 굴러보며
세상을 다 가진 듯 행복을 다 가진 듯
눈가에 미소가 숲 속을 메워간다.
할배는 기도한다
손자야 세상이 아무리 흘러가도
세월이 아무리 너에게 탐욕을 부려도
넌 세상만사를 아까처럼 돌멩이 굴러 보내듯
다 보내버리고
오늘처럼 신명 난 웃음과 건강만은 꼭 가져다오

2020. 11. 30.

대박의 꿈

간밤에 보았던 것은 기적
애드벌룬처럼
마구마구 커져가던 꿈이
신기루처럼 잠깐 내 앞에 서 있을 때
욕심은 사막보다도 더 넓고
태양보다도 더 밝다는 것을
풍선이 터진 후
인생 고독만큼 더 크고
더 지독한 것이 있다는 걸 알았네…
희망이 떠나고
절망이 선 자리는 눈을 감고 있어도
심장이 마구마구 방망이질을 하면
후회의 눈물이 이토록 센지
미처 몰랐습니다.
길게 몰아쉬는 한숨 속에
언제 어디로 가야 할지, 무얼 해야 할지
그저 아득하기만 한 정신은
봄날 아지랑이 마냥 그 끝이
어딘지 모를 만큼 안갯속이고
어둠이 걷히는 새벽 들판을 달려오는
햇살처럼 언뜻언뜻

혹은 간간이 비추는 희미한 그림자
현실이 첫사랑의 이별의 곡처럼
가슴 저미게
파도 소리를 내며 밀려옵니다.
만리장성의 하룻밤의 꿈은
허기진 김 삿갓의 입맛 다심으로 끝나고 인생무상이라는
화두가 내 앞에 걸린 과거 시험장의 시제라
역시 불경 소리처럼 되뇌는 세상만사 욕심만사
도로아미타불이더라

2020. 11. 27.

새 차 산 날 퇴근길

해와 달이 놀음을 하다
승부는 달 쪽으로 기울며
곁 다리 별은
달과 한편을 먹는다
추수 끝난 들판에
밀레의 감사기도
종소리가 들리면
어둑어둑한 골목길에
하나, 둘
가로등이 집을 찾고
어화둥둥
음력 10월 보름달이
앞동산에 올라서면
엘도라도를 찾아
한 무리의 기러기 떼가
구령 맞추어 달 속으로 떠나고
왕 곁 다리 별 하나
큰 눈알을 더욱 반짝인다
오늘 처음 산 새 차는 마구간 나온
망아지 모양
세상 구경에 신나

땅을 지르밟는 구비마다
그 모양새가 신이 난
월매 엉덩일세

2020. 12. 2.

이빨을 뽑고 나서

지난날에는 몰랐네
늘 잘 생기고 힘센 줄만 알았네
언제나 도전하고 성취하고 빼앗고
누리고 살았는데
어느 날부터 흰머리가 생기고 머리털이
단풍 지듯 하나, 둘 떨어지고
이젠 간벌한 숲처럼
머리빗조차
지나갈 길 없네
나 원 참.
나이 육십 고개를 넘어서니
산 넘어 산일세
용광로처럼
이글거리던 욕심은
어디로 가고
몸은 부처가 되었네
이젠 이빨마저 내놓으라고
윽박을 지른다
묘수가 없을까
비책이 없을까
대책 없는 대책으로

밤새도록 연구해도 외통수다

인생이란 것은 일수불퇴라

천하강적 세월 앞에

보약이란 방패와

운동 그리고

양생이란 창으로 맞서 보지만

어느 놈이 암까마귀인지

수까마귀인지 알 수가 없는 사이에

이놈은 나의 급소를 공격하는구나

불로불사를 위해 천일기도를 해 봐도 아무 소용이 없다

오직 한 방법은 그가 하는 대로

그가 원하는 대로

순응하는 수밖에 없는 대책 없는 대책이

최상의 대책이로구나

그래 받아드리자

차라리 간신 되어

아부하며 살자

인간사 세월에 도전해본들 사상누각이더라

2020. 12. 3.

수정이가

네네 아버님
정말 감사합니다.
주신 카톡 보고 눈물이 핑 돌았네요
어려서부터 깜냥이 안 되는데 욕심만 많아서
지금 이렇게 고생하나 싶은데
또 이 과정을 통해 배울 게 많을 거라 생각해요
남은 시간도 묵묵히 잘 견뎌볼게요
아버님도 건강 잘 챙기시고
뵐 때까지 잘 지내고 계세요
정말 정말 감사합니다.

2020. 12. 1.

수정이에게

용화 아빠야
안녕
잘 지내고 있다고 하니
매우 기쁘다
너무 힘들어하지 마
인생이란
순간순간을 즐기는
원 게임이야
한 판이 전부가 아니지
하하하
네가 어떤 선택을 하든
너를 응원하는 사람들이 참 많다
걱정 마.
세상지사 새옹지마야
보이는 것이 전부가 아니란다
인생이란 말이야 높이 나는 것만이
멋진 인생이 아니란다
낮게 날면서
나뭇가지에도
앉아 보고
꽃잎 속에 꿀도 먹어가며

쉬엄쉬엄
쉬어 가는 것이
최고의 삶이란다
무슨 일을 하든
인생의 행복 질량
고생 질량
인생들 모두 합해보면
플러스 마이너스 합이 0이란다
이왕 하고 싶은 일이니
용기 내어 힘껏
방망이를 휘둘러 봐
이번에는 홈런이 나올 거야
우리 수정이 힘내
네가 무슨 일을 하던
재미있고 열심히 살며
행복하면 돼
인생 살아보면
시시하다 하루하루
한 게임씩
즐기며 살면 돼

2020. 11. 30.

인간사 비밀 이야기

달빛이 강물에 목욕을 하고
어둠은 시간 속으로
자꾸만 짙어 가는데
저 하늘 한편에 한 무리의 기러기 떼는
아직도 황금의 땅
엘도라도를
찾아 헤매는구나
간간이 이어지는
너와 나의 대화는 마음에 철길을 놓는다
어둠과 가로등이 술래잡기를 하는
강둑 따라 인생길 더듬듯
세월의 이삭을 줍듯
홍숙이와
좀 더 살아보겠다고
밤 운동을 한다
누가 일당을 주는 것도 아닌데
누가 만나자고 약속도 없는데
개미 추수하듯
부지런히 걷고 걸어 3바퀴
돌고 나면 배부른 영감
밥상 불러나듯

앉아 쉴 자리만 보인다
그림 속에 나오는 풍경화처럼
60대 중년 부부가
참새 전깃줄에 앉은 듯 벤치에 앉아
별빛에서 흘러나오는
옛날 노래 한 자락을 듣는다
돌아오는 밤길엔 가로등의 청춘이 요란하고
사방을 화려하게 불 밝힌 인간들의 둥지마다
개미의 꿈, 베짱이의 낭만
하이에나의 눈빛
곰들의 미소가
잔치를 벌이면
소설가는 그들을 모아 반죽으로
주물주물 주물러 양념을 발라
드라마를 꾸며내겠지
인간사 모든 욕망이 바벨탑이 되어
하늘로 끝없이 치솟지만
어느 순간
꿈이 되겠지
세상사 모든 공사가
헛공사란 것을 안

환갑인 나
하하하
인간사 우습다
모든 일 끝내고
집으로 돌아가는 길
이 꼴은(=)
인생 끝 이야기
아무리 인간사 수판을 아무리 열심히
플러스 마이너스해 본들
그 답은 영원히 제로더라

2020. 12. 8. 일 02시 44분

값싼 행복

아침에 일어나니
세상이 백발일세
태양은 마음 상한
만물을 달래러
화롯불 풍로를
열심히 불고 있구나
갈 길 바쁜 자동차는
꽃단장도 잊은 채
하이얀 입김을 내 품고
간밤 찬 기운에
빨랫줄 위
빨래는
얼마나 떨었길래
동태가 되었구나
하도 냉기가
가슴을 파고들길래
가려던 길 멈추고
따뜻한 방안으로 들어서니
미소가 절로 나네
춥지만 안 해도 행복한 걸 보니
행복은 아무나 쓸 수 있는
값싼 물건이었네

2020. 12. 9.

인생을 돌아보며

시냇물과 조약돌의 만남처럼
맑은 하늘과
태양의 만남은 빛나고요
한 조각의 흰 구름과 둥근 달의 만남은
사연 깊은 연서의 일기장이고요
명사십리 모래밭에 나란히 걷는
두 발자국의 만남은 삶에 운치가 있지요
인생의 만남에 있어
말이 통하고 뜻이 통함은 하늘과 땅의
사랑의 약속이겠지요
약속의 아름다움은 믿음이라는
든든한 만남의 기쁨이겠지요
기쁨의 넘침은 삶의 환희이고
삶의 환희는 인생이라는 긴 족적을 남기겠지요
한 덩이 돌멩이 만리장성 쌓고
뜻 있는 빗방울 하나가 장강을 이루나니
소중하지 않은 것이 없지요
사람의 일생
뭐 별거 있나
알고 보면 모두다
한 편의 소설이지

오늘도 심각한 철학자가 되지 말고
노래하는 한 마리 참새가 되세
높이 나는 독수리가 될 이유는 없지 않은가?

2020. 12. 11. 준희 생일날

인생해법

가지고 싶은 것
하나를 소유하니
두 가지 걱정이 생기네
쥔 새를 꽉 잡고
나는 새까지
잡고 보니
어쩔까 고민이네
가져도 고민
못 가져도 번민
아이고
어려운 인생해법
우짜노
인생 성공은
나에게 행복한 미소를 주고
실패는
나에게 생각하게 하고
반성하게 하여
나를 한 계단 더 발전시키니
이해도 좋은 인생
저래도 좋은 삶이 아닌가

2020. 12. 12.

환갑을 맞이하며

인생 60에 핏대 세워
청춘을 노래한들
무슨 소용이 있을까?
그냥 추억 속에 남아 있는
타고 난 재 속에 사리 찾기지
하루살이가
지는 석양 노을빛을
부여잡고 통곡해 본들
돌아오는 청춘 못 봤다
우짤 것이여
못 떠내려가겠다고
시간에 큰 저수지를 파고
세월을 가두어 본들
어느 틈으로 새어나가
문득 뒤를 돌아보니

물새는 배를 탄 사공이구나
봄을 반대해 여름을 세우고
가을이 싫어 겨울을 부르니
세월만 가고 노인이 되었네
한없이 떠내려가다 움켜잡은 지푸라기
알고 보니 욕망이더라

아무리 열심히 채우고 채워도
욕망은 언제나 텅 빈 곳간이더라
이젠 60년을 채워도
못 채우는 곳간을 버리고
거지가 될란다
돌아오는 환갑부터는
만족이라는 가계를 차려
행복만을 팔란다

2020. 12. 15.

병원을 갔다 와서

수많은 사람들이
오고 간다
의사에게
생사를 묻는다
무슨 사연 깊은
이야기인지
몰라도
모두다
소망은 한 가지
아름다운 세상
좀 더 보고
배우겠다는
바람이겠지
긴장해서 와
행복한 다짐도 있고
가슴 쓰린
쓰라린 약속도 있지
평소 삶을 살면서
무엇이 중요한지
하늘을 보며
생각해 본다

2020. 12. 16.

삶의 사랑앓이

아무런 의미도 없이
아무런 생각도 없이
그 어느 날 기적 같은
신기루가
눈 앞에 펼쳐지던 날
기나긴 가뭄 끝에 내리는
오후의 봄비처럼
내 가슴에 내리는 안개비
푹 젖은 그리움의 그림자에
보고픔의 큰 흔적이 남을 때
냇가에 선
버드나무 모양
한없이 봄날의 속삭임을 기다리는
애타는 마음에 상사화가 되어
자꾸만 여위어가고
생각 깊은 조조는 장고에 들어가고
답 없는 계산기에 머리만 텅 비어간다
내 가슴을 스쳐 가는 사랑이
봄날 제비 날 듯
아무런 의미 없이 날아가는데
난, 왜

그리도 그리움을 보고픔으로

우황든 황소 모양 끙끙 앓기만 하는가

언제나 아니 몇 해이던가

헤아릴 수 없을 만큼 많은 계절이

이 들판을 휩쓸고 갔던가?

늘상 만나고 헤어지고

수없이 이별을 반복해 이제는 숙달이 되어

아픔 가슴쯤은 없는 줄 알았는데

매년 되풀이해도 서툴기만 한

사랑의 해법

어찌해야 할까요?

너무나도 뻔한 이치이기에

너무나도 시시한 정답이 있는데

마음은 자꾸 오답만 쓰고

머릿속은 항상 복잡만 하니

이내 삶 어찌하오

청춘은 가자 하고 갈 길은 모르겠고

길을 두고 길을 묻고

보고 있으며 본 것을 물으니

꿈속에서나

그대를 품을까 아님 두 눈을 꼭 감고

다음 생을 위해 기도할까?

2020. 12. 18.

민재 편지

어머님!

즐거운 크리스마스이브입니다. 크리스마스이브뿐만 아니라 내일은 제가 이 세상에서 사랑하는 분 중 한 분인 우리 어머님의 생신입니다.

항상 좋은 말씀, 그리고 좋은 생각을 하게 해주셔서 너무 감사드립니다. 이번 어머님 생신에 시계를 선물하는 이유는 앞으로 어머님과 함께한 시간보다 함께할 시간이 더욱 행복하기를 기원하는 마음에서 선택하게 되었습니다.

앞으로 흘러간 시간보다 함께할 시간이 행복하길 기원하며 오늘, 내일, 그리고 주말, 행복하시기만 기원하겠습니다.

감사하고 사랑합니다!

항상 부족하고 모자란
둘째 사위 올림
감사하고 사랑합니다.

2020. 12. 24. 김민재

인생의 하루

바가지로 물 떠낸
자리 표시 없고
옛사람 살아간 자리
표시 없더라
보이지 않는
세월 앞에 바뀌는 것은 눈에 보이는 사물들
과연 어느 것이 진실인가
보이지 않는 시간에
변해가는 내 모습
시곗바늘은 돌고 돌아
자정을 가리키고
꿈속 길을 헤매이는데
똑똑 두드리는
작은 발자국
오늘과 내일의
경계선에 서 있다
이래볼까? 저래볼까?
선택의 기로에 서 있는
내 마음은 누구의 것이냐?
사라질 듯
사라질 듯

사라지지 않는 미련이 길목을 막아서고
어느 틈에
욕심이 산적같이 불쑥 나타나
나그네의
손목을 잡는구나
오늘도
욕심과 미련에 유혹이
나의 영토를 점령해 가고 있구나

2020. 12. 24.

겨울 풍경

아침부터
겨울 하늘에
뭔 일이 있는지
잔치를 하는지
데모를 하는지
구름이 말을 타고
자꾸자꾸
모여들었습니다.
무슨 결론이 났는지
오후 늦게부터
비가 내리기 시작한다
눈이 올 때
비가 오는 걸 보니 속이
많이 상했나 보다
차츰차츰
어둠은 소문도 없이
짙어가고
고독에 지친
황새 한 마리
면벽을 하고
인생이라 큰 대어를

낚아 놓고
어떻게 요리할까
숙제 중이네

2020. 12. 29.

청춘 찬가

길을 가다 우연히
옛 친구를 만났다
춘삼월 보리밭 같은 청춘은
어디로 가고
주름진 얼굴에
백발의 흰 머리가
듬성듬성하다
출출 넘치는
청춘의 찬가는 어디 가고
고개 숙인
반 잔 술로 인사를 대신한다
술병에 술이
비어갈수록
조개 입 벌어지듯
마음에 벽도
무너지는구나
그리움
보고픔을 나누고
가로등 아래서
내일의 만남을 약속하며
각자의 익숙한 길로 돌아서면

나와 그림자가
어깨동무하고
집으로 온다

2020. 12. 29.

인생 이치

어젯밤
꿈속에서 죽어
먼저 살고 간 사람을 만났다
공자를 만났더니
이치를 따져본들 소용없다더라
조조를 만났더니 꾀를 부려본들
소용없더라
항우를 만났더니
힘만으로 안 되더라
진시황을 만났더니
인력으로 목숨은 어찌 안 되더라
제갈량을 만났더니 인간지사는
타고난 재주는 한계가 있더라
소크라테스를 만났더니
모든 사물에는 다 이유가 있더라
유방을 만났더니 세상살이 제일은 운이더라
왕들을 만났더니 권력 끝에는 허무가 있고
재벌을 만났더니 욕심 뒤에는 허망한 헛일만 있더라
거지를 만났더니 욕심을 부리지 않으면 가질 것이 없고
지킬 것이 없으니 육신은 고달파도 마음은 편했다고 하네
병자를 만났더니 몸과 마음에 고통 없는

이 세상이 천국이라며 살아있을 때
뭐니뭐니해도 건강이 제일이란다
인생길 도통한 촌부가 한소리 들려준다
삶은 땅에 그리는 영역 표시고
목숨은 창공을 날으는 한 마리
학이라네
무한정 날 수 없지 않는가

2020. 12. 30.

인생

참 사는 것이
녹록지 않네
돈의 귀중함을
절실히 느껴지네
오늘 전화해 보니
읍장님도 어디 일하나 보더라
늙어서 고생 안 하려면
젊을 때 독하게 살아야 한다.
그래서 부모가 새끼한테 자꾸
싫은 소리하는 거야
돈이 최고야
그래서 참는 거야
모두 다 죽을 판이야
이 세상이 지옥이다
지옥 탈출은 경제 독립이야
인생은 강물을
거슬러 올라가는 나룻배야
노 열심히 안 저으면 떠내려간다
청춘을 담보로 오기의 배짱으로 열심히 저어라
그러면 산 넘어 먼동이 튼다

2020. 12. 31.
용화가 복직하고 나서

낙동강

낙동강을 바라본다
하루일과를 끝낸
태양은 서산마루
올라서고
연인을 만난다는 기쁨에
긴 호흡을 한다
머리 빗살 같은
석양빛이
여인의 뒷모습을
강가에 길게 드리우면
만남을 위해 천 년을 기다려온
은빛 모래 이야기로
스며들고
나비처럼 나풀거리는
강물의 잔물결을
노 저어가는
오리 한 마리
그도 낙동강
처녀 뱃사공을
기다리는 걸까
푸르고 깊은 저 물결 속의

강물의 마음을
강가에 선 저 버드나무는
그 마음 알까?

2021. 1. 2.

월암 선사의 넋두리

내 어릴 적 이야기가 있다
먼동이 희미하게
길을 밝히면
딱딱 툭툭 대나무 쪼개는
소리가 음악이 되어
잠을 깨운다
대나무 소쿠리 아저씨 이야기다
젊을 때
떠돌이로 살다 인연 따라

이곳까지 흘러 머슴을 살다

어쩌다가 인연이 되어

이곳에서 정착해 남들처럼 열심히 살았단다

없는 살림살이 좀 더 잘살아 보겠다고

아침일 나가기 전에

소쿠리 하나 만들어 놓고

나가겠다고 호롱불 켜 놓고 일했단다

세상 시름, 가난에 서러움

막걸리 한잔으로 마음 다지며

잘살아 보겠다고 눈물 콧물 묻은 쌈짓돈 한푼 두푼 모아 집

하나 밭떼기 하나

논 두 도가리 장만하니

어느덧 나이 80이 넘네

80 고개 넘어서니 죽음이 코앞이라

어차피 안 될 인생

자식이라도 잘살라고 연명 대신 죽음을 택했고

신랑 먼저 가고 마누라 따라가니

한 세대가 끝이네

사람은 가고 없지만 자식새끼

밥 굶지 말라고

전답은 남겨놓으니 아마도 큰 뜻이 있으리라

피와 땀과 살을 깎아 만든 영토가

자자손손 이어지길 바라는 마음으로 하나하나 갈라줬건만

우째 이놈들이 이리도 마음이 잘 맞았던가

호적부 잉크도 마르기 전에

이놈 자식들 저놈의 딸들이

돈으로 바꿔 부모 흔적 하나하나 다 지우네

우와 이젠 누구의 이야기에서 나의 이야기로 다가온다

남의 새끼와 내 새끼는 달라 하고, 본능적인

이기심을 앞세워 보지만 마음 한쪽 구석부터 뭔가

우~리~한~ 느낌은 어쩔 수 없다

다시금 다르다고 위안을 삼아 보지만

모든 사람이 죽는 것처럼 나도 나의 바람도 속고 살겠지

인생 전부를 투자해 욕심의 커다란 탑을 쌓았지만

인간들의 염원인 바벨탑도 무너지듯

기대와 희망이 사라진다는 것이

어슴푸레 밝아 오니 허망하기 이를 수 없다

수많은 밤을 고민 속에 지새우고 수많은 땀을 닦고 닦아

이룬 흔적의 미련 때문에 집착하고 욕심을 한 층 한 층 또 쌓

아 왔건만

욕심은 무한하고 육신도 유한하니 어찌 만족 할 수 있나

인간의 한계에 말 없는 슬픔과 한탄은 한숨이 된다

그래서 인간은 작은 소망을 가지게 되었고
그 작은 꾀가 자기가 세운 탑을 핏줄을 통해 자자손손 이어지
길 기원했는데
그 자손이 모르니 서운한 거지 어쩔 것이여
생과 사의 영역을 배우자
이승에서 저승으로 가져갈 물건을 찾자
이거야말로 진정한 나의 것이다
그것이 무엇이더라
분명히 뭔가 있는데
오늘도 보일 듯 잡힐 듯 만져질 듯 느껴질 듯한데
그게 뭐더라 그게 인생의 최고 숙제네

2021. 1. 5.

오늘

간밤에 불던
바람도 굴뚝새도
님의 품속으로 잠들고
고요한 밤
추위가 점령한 대지는
계엄령 선포한 땅보다
더 고요하다
춥다고 지붕 위엔
하이얀 솜이불이 펴지고
숲에 요정이
살짝 잠들다 갔나 보다
밤새 산 넘어 동네에서
편안한 휴식을 취한 태양은
부지런히 공장을 돌려
황금 빛깔 햇살을
인심 좋은 술도가 주인
술 떠주듯 무제한으로 퍼주고
그래도 태양의 기운은 더 높아 이글거리는
젊음을 발산하고 있다
누굴 만날는지
참새 한 마리

전깃줄에 앉아

꽃단장에 열심이고

편안한 잠자리 끝낸

차들도 주인님들 모시고

달리기 선수 경주하듯

제 먼저 가겠다고 가쁜 숨을 품어내며

출근길이 요란하다

모두 다 행복한 삶을 위해

나만의 엘도라도 섬을 향해 힘차게

노를 저어가는구나

이렇게 모두다

열심히 공부 중이네

그래서 선사도 오늘이라고 불리는 전설의 고수를 만나

아침이라는 바둑판을 놓고

장고 끝에 한수 한수 급소를 공략해 간다

2021. 1. 6.

난 몰라

참 힘들었다
갈 때 둘인 줄 알았는데…
돌아올 때는 하나였다
이것이 짝사랑의 함수인가
그대가 작은 미소를 보일 때
난 한 송이 꽃이 되었고
그대가 울 때
내 가슴은 축축이 젖은
긴 장마 속의 벌판이었네
그대가 외로워할 때
난 숲 속에 깔린 낙엽처럼 처량했고
그대가 날 떠나려 할 때는
찬바람 불고 눈발 휘날리는
겨울날의 매서움을 알았네
헤어짐이 이렇게 고통스러운 건지
우리 왜
인연을 핑계로 만남을 가져 사랑을 키워
서글픔, 고독, 고통, 번민의
알갱이를 추수하는가
사랑은 인생의 큰 대마디 같은 것
별빛 반짝이는 밤하늘의 유성처럼

긴 아름다운 흔적을 남기는 삶의 유희인가
아니면 몇 년이 지나
이 밤이 외로워질 때면
나 혼자 살며시 펴보는 인생의 일기장인가
난
몰라….

2021. 1. 8.

헛다리 짚던 날의 심정

오늘이란 하이얀 백지 위에
피카소보다 더 화려한 실력으로
나만의 위대한 꿈을 그리고
붓을 놓고 행복해하지 말자
하늘에서 비가 내려
내가 그린 그림이
한 방울 두 방울
얼룩져 갈 때
닭 쫓던 개 지붕 쳐다보는
개의 실망스런 눈이 바로 나의 이 마음 같겠지
짚신장수 나서면 비 오고
가루장수 나서면 바람 불고
태양이 구름 속에 가려 존재를 못 드러낼 때
1년을 준비해 온 신인 뮤지컬 배우가
공연이 취소되었을 때
그 공허한 마음
4번 타자가 휘두른 방망이 끝으로 들리는 심판의 아웃 소리
모두 내 마음을 슬프게 한다
이제는 최고다 싶어 판 주식이 상한가 가고
희망을 걸고 이제 시작이다 싶어 산 주식이 하한가 되면
하늘이 돈짝만 하겠지

우째 이리도 안 되는 날도 있단 말인가
언제쯤 나에게도 명도 같이
딱딱 맞는 운수 좋은 날이 올까
욕심은 뭉게구름일 듯
뭉실뭉실 피어나는데
손에 잡히는 것은 지푸라기
너무나도 딱한 마음에 오늘 밤은 호롱불에
가부좌를 틀고 신의 영토를 점령하고
인생 운도수를
대박으로 돌려 볼란다

2021. 1. 8.

60살 생일날에(환갑)

오늘은 이 땅이 생기고
가장 추운 날 중 하루다
강물은 얼어
가난한 농부
허리띠 매듯 잘록하게 움츠려 있고
절벽 위 부엉이는 추워서
못 살겠다고
고공농성 중이고
천사의 눈물 흰 눈은 나비처럼
하늘하늘 춤추고
북풍은 베토벤의 영웅을 힘차게 연주하며
악보가 그려진
가로등 등줄기를 신나게 탄다
저 멀리 혹은 가까이 손잡고 마주 선
인간의 둥지에는 브람스의 자장가도 들리고
산 넘어 주막에서 김 삿갓이 국밥 먹는 소리도 들린다
모두 무얼 꿈꾸는 걸까
어디로 무엇을 목표로 달려가는 눈빛인가
삶의 쉼표처럼
간혹 또닥또닥 들리는 인적소리마저 없다
추워서 그림자마저

동행 없는 밤 짙은 공원 가로수 길을

무작정 걷는 이 마음 머릿속에는 무슨 그림을 그릴까

환갑인 올해

인생의 마지막 숙제를 어떻게 풀까

삶을 인수분해 해서 나사를 돌리면

피타고라스 증명을 통과하면 루터가 나오고

삼각 꼭짓점을 돌면 깨달음이 나온다던데

언제쯤 그 숙제를 풀 수 있을까

혹시나 해서

그 답을 너에게 살짝 물어본다

2021. 1. 9.

아침 창고에서

황량한 들판에
아침이 찾아들면
숲 속에서 밤을 지낸
비둘기 산적 떼
하나둘 밤나무 위로 모여들고
오늘은 어느 고을
어느 부잣집을 털려고
깃털 다듬기에
열심이다
추수 끝난
논 자락에는
부지런하기로 소문난
북극의 일꾼 기러기
아지매 아저씨 쉴 참 시간
담소가 논두렁을 넘는다
춥다고 양지쪽에 앉은
참새 두세 마리
말도 없이 얼굴이 심각하다
밤새 추운 한파에 무슨 일이 있었나 보다
추워서 언다고
물 틀어 놓은 수도꼭지엔

기다란 고드름이 생기고
졸졸 흐르는 물방울은
신나게 썰매를 타구나
날씨가 얼마나 추운지
집 뒤 바람막이로 선
대나무 얼어서 그림 속의 나무가 되고
햇살의 부름을 받고
나온 군기 반장 장닭의
목청 높은 구령은
이웃집 암탉 귀에도 들린다
말없이 조용히 타들어 가는
난로 속 장작을 바라보며
찻잔 속으로 깊은 사색에 잠겨본다

2021. 1. 10.

오늘의 각오

어제라는 시간은
오늘이라는 지우개로 지워져
추억 속 보물로 창고에 채워지고
시간의 마술은 새로운 땅으로
우릴 데려놓았네
인연의 줄을 찾아 전화도 하고
좀 더 친하게 지내겠다고
점심도 한 그릇 하며
그렇게 하루하루
삶을 이어가다 보면
인간의 일생이 되는 거지
때론 화가가 되고
때론 시인이 되기도 하고
그중에 가장 많은 시간을 연극배우로 산다
삶을 표현하면 한 문장이면 족하다
하지만 한 문장을 현미경으로 관찰하면
속에는 수많은 깨알 같은 이야기가 나온다
어찌 보면 우린 각본대로 움직이는 연극배우다
왜냐면 삶의 의도는 우리 뜻대로 되는 일 하나도 없다
원하는 일도 원하지 않는 일도 나의 의지와는
아무런 관계가 없다

그럴 바에는 차라리 내가 맡은 역할 중에
희극배우만 하자
내 마음대로 제일 좋은 연출만 하자
그 일을 오늘 당장 시행하자
최선을 다한 신명 난 하루가 되자

2021. 1. 11.

선사의 헛꿈

간밤에 꿈이 좋아
오늘은 좋은 일만 생길 것 같다
그래서 미소 짓는 웃음으로
하루를 시작한다
기분 좋게 아침을 먹고
여유롭게 차 한 잔도 즐긴다
먼저 기대 찬 눈으로
가상화폐 패를 살짝 들추어 본다
이게 웬일

기다란 푸른 막대기 밭이다
난 푸른색이 질색인데
어이쿠 오늘도 어제와 같은
꽝이로구나
제2탄으로 컴퓨터을 켠다
놀부 목에 침 넘어가는 소리
꼴깍 들린다
대충 훑어보니
살짝 빨간색도 보인다
우싸 이제 뭔가 되려나 보다 싶어
병풍 펼치듯
짝 펼치고 보니

빨간 여의봉은 어디 가고

푸른 대나무뿐이구나

에이고! 내 팔자야 싶다

사서삼경을 읽고

플라톤 철학을 공부하고

노자, 장자의 무소유 철학도 배웠건만

우째 된 일인지 본능적으로 숨 한번 쉴 때마다

욕심 한 가닥

심장 한번 뛸 때마다 의욕 한 가닥

마음속 머릿속에 모두 욕심만 가득하네

욕심이 본능인가 보다

시냇물이 수 천 년 전에 물길을 열고

바위를 깎아 돌멩이를 만들고

돌멩이를 수없이 깎고 다듬었건만

역시 돌은 조약돌이고 반짝이는 금은보화는 안 되더라

본래 태생이 달라서 어쩔 수 없나 보다

윤회에 윤회를 거듭해

이생까지 왔건만 원래 금은보화가 아니었나 보다

이왕지사 돈 욕심 채우기는 틀렸고

나무라도 하러 가야겠다고

창고에 올라가서

또 희망 회로를 돌린다
나무꾼과 선녀가 만났듯이
나 역시
나무하러 가 숲 속 요정의
사랑 고백이나 받으려나 하고
싱글벙글 나서려 할 때
우리 집 개 무엇이라 중얼거린다
"에라이, 등신아"라고 하나 뭐라고 하나
"야 이놈의 개야 인간과 개는 태생이 달라
인간은 한 가닥의 희망이 있으면 백 가닥의 욕망을 만들어내
는 마술사란 말이다
개 너는 몰라." 하며 산으로 갔다

2021. 1. 11.

오늘을 살며

뭔가 똑같은 날인데
오늘은 뭔가 어제와 다른 느낌…
오리가 거위의
꿈을 꾸었나
아무튼 기대된다
오늘의 알라딘 램프는
나에게 무슨 마술을 보여줄까?
이왕이면
눈물 나는 연속극보다
아무런 생각 없이
신나는 놀이동산 기구를 타고 싶다
기대 반 호기심 반으로
아침단장 끝내고
놀부 목구멍에
침 넘어가는 속도로
삶에 현장으로 출동해본다
무슨 일을 할까
할 일이 자꾸 생긴다
인간의 피가 붉어 자꾸 욕심이 생긴데
심장이 한번 뛸 때마다 한 가닥
숨 한번 쉴 때마다 한 가닥

그래 만들어진 것이 생명줄이래
그래서 인간은 한 가닥에 희망 줄만 있어도
백 가닥 천 가닥으로 욕심부리는
신기한 마술사래
멍멍이야
월암선사는 오늘
나무꾼과 선녀 이야기 있는 산으로 갈란다
혹시나 아나
천 년 전부터 나에게 사랑 고백하려고
기다리고 있는
숲에 예쁜 요정을 만나려나…
멍멍이 뭐라 뭐라 중얼거린다
에랏, 바보야,
하고 말하나 뭐라나
하하하

2021. 1. 12.

오늘

오늘도 날이 밝았네

모두 다 삶을 위해

어미 닭

놓치지 않으려는 노오란 병아리들처럼

종종걸음을 친다

낭만도 여유도 없이 그냥

아무 생각 없는 기계부속품처럼

인간사회 톱니바퀴가 되어 돌아간다

여기서 빠지면 끼어들 수 없는

고립의 외톨이가 되어 살 수 없으니

스마트폰처럼 떨어져 살 수 없는 시대가 되었네

앞날 예측을 보니

로봇 시대가 오겠더라

로봇이 궂은 일 힘든 일 다 하니

1인 1로봇 시대가 올 것 같아

좀 더 편하게 살려면 로봇이 있어야 하고

로봇을 사려면 결국 돈이 있어야겠지

앞으로 돈의 의존도가 더 높아지겠지

우짜노

남들처럼 살려면

남들처럼 열심히 일하며 살아야겠지

이왕 해야 할 일이라면
즐겁게 신나게 하면 안 지겹겠지
자 오늘도 각자의 위치에서 신명 나게 해보자
인생은 머묾은 없다
전진 아니면 후퇴다
오늘도 신나게
돌격 앞으로…

2021. 1. 13.

스팀 해빙기 사던 날

망설인다
인내를 교본으로 참는다
하루, 이틀, 삼 일이 지나고 사흘이 되니
인내가 폭발한다
그동안
온갖 자구책을 다해 본다
드디어 결심이 선다
외부의 원군이 필요하다
삶을 살아가며 진리가 심장을 찌른다
주역에서 말하는
궁하면 통한다는 말 역시 옳았다
자력으로 도저히 안 돼,
항복 선언하고
외부에 힘을 빌리기로 한다
스팀 해빙기
쉽게 듣기 힘든 언어다
징기스칸의 몽고군처럼
파죽지세로 쳐들어간다
사흘을 끄떡없이 버티던 얼음 성도
15분 만에 항복 선언을 한다
역시 안 되는 일은 없다

되고 안 되고는 내 생각 속게 존재하는 울타리
내 생각이 바뀌는 순간
울타리 주인도 바뀐다는 사실
아하
또 하나의 느낌이다
안 되는 일 없구나
생각이 바뀌면
내 현실이 바뀐다는 사실…
힘들고 어려우세요?
그럼 생각을 바꾸어 봐요
그럼 오늘도 행복의 주인은 나랍니다,
오늘도 좋은 날

2021. 1. 13.

삶의 화두…

겨울이라서 추워서
꼭 할 일이 아니면
움직이지 않는다
삶이 힘들어서 냇가에 앉아
시냇물을 보니
졸졸 흐르는 것이
즐거워 보였고
행복해 보였다
물아, 물아 너는
왜 그리 행복하니?
"나는 가진 것이 없잖아"
아무것도 소유하지 않으니
신경 쓸 일도 없고
욕심부릴 일도 없잖아
무엇에도 얽매이지 않고
머물 수도 없는 숙명이기 때문에
아무것도 가질 수 없으니
평온할 수밖에
물아, 그럼 난 왜 이렇게 번민이 많아?
그것은 그대가 가진 것이 많아 그래
나이가 하나하나 더해갈수록 세상 인연이 자꾸 쌓여가잖아
그래서 신경 쓸 일도 많아

안 가지고 있고 버리고 해도 자고 나면 욕심이 생긴다
그건 왜 그래?
그것은 말이야 인간은 심장이 뛰고
숨을 쉬니까 그렇게 되는 거야
나는 너처럼 그렇게 투명하고 깨끗할 수 없을까
너는 안돼 왜냐하면 너는 피가 붉잖아, 그래서 피를 돌게 하
려면 에너지가 필요하고 그러면 심장이
뛰어야 하고 호흡을 해야 하거든
그러려면 먹어야 에너지가 나오지
자체 생산이 안 되고 외부에서 에너지를 공급받으려면
당연히 욕심이 있어야 해
물처럼 자체 에너지로 변신할 수 있으면 욕심 없이 살 수 있어
아하 그렇구나, 고마워
강을 지나 등산을 간다
기암절벽 위 작지만 품격 있는 소나무를 만났다
소나무야 넌 여기서 얼마나 살았니?
난 말이야 수백 년은 될 거야
어쩜 그리 오래 살 수가 있었니?
난 이슬만 먹어
어쩌다 지나가는 구름이 주는 솜사탕도 먹을 때도 있지만
아주 적게 먹지
에너지도 적게 소비하지

그러니 이슬만 먹고
근근이 목숨 부지할 만큼만 먹어서 오
래 살아
오래 살려면 적게 먹고 작게 움직임이
그 비결이야
장수의 비밀은 욕심에 있어
욕망이 없어야 작은 것만 소유하게 되고
그러면 마음이 편해지지
성인군자들의 책을 보면 이 땅을 살고 간 사람들의 수많은 이야
기가 있잖아
그 이야기를 늘 들으면서도 내 것이 안 돼
내가 경험한 것이 아니라서 실감이 없지
그래서 인생은 늘 살고 보면 후회만 남지
욕망은 참는다고 없어지지 않는다
욕망이 안 일어나든지 아니면 탐구해서 없어지든지
그래서 인간은 수양이 필요한 거야
이승 끝은 저승이다
저승 가서 쓸 물건이 무엇이더라
이것을 아는 것이 도의 시발점이다

깨달음과 윤회의 근원이기도 하니
이것이 삶의 화두이겠지

2021년 1월 15일 밤 8시 53분

그대 마음 오리무중

마음의 거리만큼 멀고도 가까운 사이
탁자를 사이에 두고
마주 보는 커피 두 잔이
마음을 교환해본다
누가 먼저 고백할까?
먹어보지 않고는 그 향을 알 수 없으리라
닭 잡아먹은 개
오리발 내밀 듯
그 마음 드러날까 봐
꽃 한 송이 들어
그 마음 표현하네
산전수전 다 겪은 명장들이라서
신중하기 그지없네
인생은 일수불퇴라 그렇겠지
인생 대마를 이끌고 육십을 살아온 삶이라서
흔적도 없이 아무도 모르게
그대 마음에 숨어들어
무슨 꽃을 피워볼까?
달빛 창가에서 부르는 소녀의 세레나데도 어울리지만
중년의 깊은 강에 흘러나오는
피리 소리도 가만히 귀 기울이면

무슨 느낌이 올 거야
오늘도 하루가 의미 없이 흐르고
돌아오는 길 허전하다
내일은 빛깔 고운 무지개를
만나면 좋겠다
칠월칠석에 견우직녀가 만나
부르는 은하수 강 이야기도 좋고
춘향이가 옥중에서 부르는 춘향가도 좋은데
이것은 우아한 나의 바람일까
봄날 개꿈처럼 나 홀로 부르는 아리랑 타령일까
언제쯤 그대가 마음을 열고 창을 열고 오는지
몰라 몰라 그대 마음을

2021. 1. 15.

인생의 끝자락에서

세월은 먼지 쌓이듯
차곡차곡 쌓여 나이란 이자를 낳고
아무 일 없이 평소처럼 살다가
어느 날 터 멀리 있는 애인의 편지 마냥
약간 느낌이 온다
뭔가 이상하다 싶어
병원을 찾아 계엄령 속 검문보다
더 꼼꼼함으로 검문검색을 한다
불안 초조한 마음으로 의사와 면담을 하니
의사 선생님 말씀 한마디는
범인이 형사에게 수갑 채우던
그 순간과 같으리
충격, 충격
머릿속은 하얀 설원이 되고
분노는 이리저리 날뛰는 노루가 되었다
며칠을 뛰다 힘 빠지고 배고파
눈 속에 푹 빠져 애절한 눈으로 구원만 바라보는
처량한 눈망울이구나
지푸라기라도 잡을 심산으로 올가미를 빠져나오기 위해
할 수 있는 모든 것을 다 동원해 막아보지만
충격에 또 충격이 사형선고다

와! 어쩌란 말인가

한 번도 가보지 못한 길을

말로만 듣고 듣기 싫어 거부한 말이

현실이 되어 자꾸자꾸 오버랩되며

눈 앞에 스치는 영상

잘해 줄 걸 그땐 왜 그랬을까

잘한 것 하나 없고 후회와 눈물의 뼈저림 뿐이다

삶과 죽음이 하나인데 왜 난 어리석게 반쪽인 삶에만 집중했던가

간혹 한 번씩 다른 반쪽 죽음의 존재를 생각했다면

붕어, 미꾸라지, 피라미가 투망에 걸려

올라왔을 때 파닥거리는 그 모습과 무엇이 다르느냐

지금처럼 심장이 홍수 난 냇물처럼 우당탕우당탕거리며 안 흐를 텐데

리듬 가락에 맞추어 완급을 조절할 수 있었을 텐데

우린 무엇을 위해 사는가

우리 아버지 어머니와 심지어 친구마저 마지막 길을 가는데

그냥 우린 손님처럼 하룻밤 풋사랑처럼

쉽게 잊어버리고 어느 날 문득 거부할 수 없는 모르는 자에게

손목이 잡히는 날부터 하루에 삼천 가지 삼만 가지 경우의 수를 수의 방정식으로

미분, 적분하고 인수분해 해 답을 구해 보지만

난해한 그 답은 오리무중
그때야 생각난다
먼저 간 친구에게 안부를 물어본다
거기는 살만한가?
오늘은 무얼 하는지 안부를 묻고 싶다
산속의 나무처럼 비좁게 내 주위를 채웠던 사람이
어떤 이유로 하나, 둘 베어져 갈 때마다
내 차례는 언제지 그럼 난 어떻게 할까
반성하고 생각해 보면
답은 있다
세상은 유한하고 죽음은 무한한데
불이 뜨거운 줄은 데어 봐야 안다
지성은 아는데 감성은 느낌이 없다
지성, 감성이 하나로 느낄 때 비로소 삶의 목적인 도의 깨침
이 된다
어리석음에 욕심의 껍질은 두껍고 육신은 무디기 그지없구나
까마귀 고기를 먹었는지
듣고 보고 할 때 그때뿐
오늘도 세월의 하루에다가
담금질을 열심히 해보지만
집중이 안 돼 그 순간뿐이로다

멀리 있는 법보다

가까운 주먹이 힘쓴다고

욕망이 재주 부리는 서커스 곡예에

오늘도 덩실덩실 춤추는 나는 등신이다

등신에게 고한다

하루 한번쯤 나도 죽을 수 있다는 것을

나에게 말해주자

예상하지 못한 그 날이 와도

허둥지둥하지 않게

어젯밤에도 알고 지내던 지인의 소식을 들었지 않느냐

뭘 알고 살자

삶은 사기꾼이고 야바위꾼이다

욕심이란 첩자를 보내 모든 것을 다 걸고

하늘만큼 큰 풍선을 불게 꼬드기고는 그 풍선을 놀부 심보처럼 터뜨리고

난 모르쇠이네

누굴 한탄하랴

먼저 살다 간 사람, 경험 많은 사람, 말 안 듣는 귀머거리 소경인 내 탓이로다

욕심의 탑을 차곡차곡 쌓아 모두를 걸게 하고는

평소와 다른 빠른 손놀림으로 한방에 다 빼앗아 알거지로 만

든다
누구나 당하고 자기도 당할 건데 왜 알고도 당하는 바보인가
누구를 탓할 것도 없다 바보스러운 내 탓이지
너무 한심스러워 눈물이 난다
어쩌면 좋냐, 어찌해야 하느냐
세월아

2021. 1. 16.

감사

추운 겨울 늦은 저녁 시간

굵은 눈발을 헤쳐 나가며

아무도 없는 횅한 차도를 홀로 운전하며 드는 생각을

몇 자 적어 봤습니다.

누군가가 저에게 결혼에 대해서 묻는다면

첫째도 감사

둘째도 감사

셋째도 감사라고 대답할 것입니다

첫 번째에 대한 감사는

험난한 이 세상에 가족이란 이름으로 인한

나의 편을 추가로 만든 것에 감사요

두 번째에 대한 감사는

30년 인생의 방향성이 없던 제 자신의 방향성을 잡아준 것에

대한 감사요

마지막 세 번째에 대한 감사는 양가 부모님들에게 결혼으로

인한 세상에서 가장 큰 효도를 할 수 있는 상황이 만들어 짐

에 대한 감사가 아닐까 싶습니다.

어머님, 아버님!

두 분께서 제 생일날 너무 많은 관심과 배려를 주셔서

다시 한 번 좋은 생각을 하게 된 점 진심으로 감사드리며

항상 좋은 일만 가득하길 기원하며

제가 결혼해서 얻게 된 3가지 감사함을 항상 상기시키며 잘
살도록 하겠습니다!
감사하고 사랑합니다!

2021. 1. 17. 김민재

그대는 바로 나

오리 한 마리 물 위에 떠 있다
비둘기 한 마리 나무 위에 앉아 있다
공중에 매 한 마리 빙빙 하늘을 돈다
난 두 눈을 꼭 감는다
딱 부러지게 잘 차려진 상에
산해진미가 수북하니 무얼 먹은들 배 안 부를까?
수없이 나그네같이 오가는 생각 속에
인연 줄지고 있는 놈 없으니
그물 친들 고기 없고
석양빛에 돌아오는 길 빈손이로구나
초승달 홀로 걷듯
따르는 발 그림자 혼자더라
너 혼자 나 혼자
이름과 성 달라도 가는 길 같으니
혼자 아닌 우리가 되었구나
없다고 괄시 말라
혼자는 외로움이 벗이 되고
가난은 배고픔의 친구가 되고
슬픔은 괴로움의 동무가 되니
이제 가던 길 황소걸음으로
천릿길도 갈 수 있으리

실패는 성공의 친구가 되고
가난은 부의 친구가 되고
외로움은 그리움의 짝이 되어
사랑을 낳으리라
모두가 하나인데 오늘도 주머니 속 엽전 세듯
마음에 가닥을 세는 소인배 그대는 바로 나

2021. 1. 19.

사랑 고백

다음 날 우연히
시작된 인연의 작은 동아줄이 내려오는 날
난 전기에 감전된
한 마리의 학이 되어
긴 다리 긴 날개를 펄럭이며
곡조에도 없는
제일 우아한 어설픔 춤을 추며
향기 진한 사랑의 연기를 피워
구름에 이슬이 취하듯
바람에 물결이 취하듯
내 마음은 너 마음에 취해
징검다리를 놓아본다
그대는 아는 듯 모르는 듯 내 마음을 보지만
달빛처럼 차가운 너 마음을
햇빛처럼 따뜻한 내 마음으로
데워보리다
하늘에 떠 있는 저 구름에게 물어본다
넌 비인가 눈인가를

2021. 1. 20.

겨울비

한 방울로 시작된 눈물이
이별의 서러움이 더해
삶의 고달픈 한숨이 더해
인생의 역사만큼 길고 가는 비가
동지섣달 긴긴밤 이야기가 되고
아침까지 토닥토닥 이어지면
혼자 피는 담배 연기 긴 꼬리처럼
생각이 깊어진다
사막에 홀로 선 그림자
대야에 떨어지는 낙숫물 소리처럼
심장을 흔들어 대는 고독
이루지 못한 사랑의 꿈처럼
당첨되지 않은 복권의 꿈처럼
허망한 현실에
창문을 빼꼼히 여니
처마 밑 참새 두 마리
어젯밤에 막걸리 타령이라도 했는지
해장국이라도 먹자
아니야
콩나물국밥 먹자고
옥신각신이네

2021. 1. 22.

봄이 오는 길목

겨울 산을 오른다
진실만 남은 거리
주인은 어디 가고
세월의 삭풍에 삭아
허름한 산새 빈 둥지만 드문드문 보인다
땅바닥 빼곡히 깔린 낙엽은
삶에 일기장이 되어 향수를 뿌린다
솔 밭길을 지나 잔 바윗길을 돌아가면
보따리 장사꾼 바람이 다니는 고갯마루가 나오고
세상 만물을 사고파는
저자 장터가 열린다
소한 대한 지난 장터엔 겨울상품 떨이가
신상품 봄이 난전에
옹기종기 앉아 손목 잡고 갈 주인을 기다리고 있구나
만물에 머슴 태양이
부지런한 손놀림으로
석양에 아름다운 햇살을 살살
피워대면 설익은 사랑 가루가 솔솔 새어 나와
산속 마을 순이 가슴에
앞 개울 건너 돌이 마음에
지게 자리를 놓겠지

돌이 순이 쿵쾅거리는 심장 소리에
놀란 산토끼
이리저리 뛰면 부산한 소리에 잠 깬 나무들
땅속뿌리 끝으로 시작된
봄 울림으로 사랑에 밧줄은 풀어지고
삶의 경쟁은 시작되구나

2021. 1. 26.
합천댐 아침

연가

하늘에 닿을 듯
높이 솟은 덕유산 향로봉
땀방울이 모이고
골 깊은 골짜기 떡갈나무 잎 사이로 구르던
이슬방울이 모여 이끼 낀 바위를 지나
사연 많은 자갈밭 사이 사이로
숨어들어 몸단장하고
모래밭을 나서니
그 자태가 양귀비를 비할쏘냐
졸졸 흐르는 시냇물은 동요를 부르듯
춤을 추듯 가벼운 몸놀림으로
산골짜기를 나선다
이 골짝 저 골짜기 모인 물이
촌사람 장 구경 가듯 신바람에 발걸음이
칠라리 팔라리다
대목장 날 인파 몰리듯
사흘 나흘 일 년 이 년 모이니
산을 담고 푸른 물감으로
구름 수채화도 그리고 산수화를 그리면
밤이면 달빛선녀 목욕하고
맑은 물빛은 조각배가 되어 헤엄치면

별빛 목동 멱감고 어슴새벽이면 물의 영혼인
안개가 하늘 구름집에
사다리를 놓고 햇살이 긴 빗길을 내리면
태양은 목을 축인다
휴일날 아침에 소나무 그늘이
합천댐 깊이 낚싯대를 드리우면
어디서 왔는지 모를
오리 한 마리 낚싯대 우끼되어
강을 휘젓구나

2021. 1. 29. 금

자아 성찰

가만히 거울에 나의 얼굴을 보고 있노라면
60 인생 이정표가 골 깊은 주름으로 도로가 나고 냇물도 흐
르고 작은 신호등에 가는 손짓을 한다.
밤과 낮이 올실 날실이 되어 하루라는 천을 짜갈 때 천에 꽃
그림 들어가듯
하나둘씩 삶에 기술도 배운다.
침에 꿀을 발라 감언이설로 상대방에 마음을 녹이기도 하고
무심코 무방비로 있다가
허점을 공격당해 사랑의 마법에 빠져 마음이 초토화 당해 무
아지경에 빠졌다가 마법이 풀릴 때, 마취에서 깨어날 때
그 고통처럼 울부짖는 한 마리의 짐승이 된다.
적군에게 단물만 다 빨리고 소금물에 절인 배추 모양 망연자
실 실연도 배운다.
망아지처럼 기운 펄펄 나던 이팔청춘에
청운에 푸른 꿈을 키우기 위해 어미 닭 병아리 키우듯 정성
을 다해 불철주야 노력으로 대나무 숲보다 더 촘촘한 세상의
그물망을
두더지 땅굴 파듯 요리조리 피해 나만의 생존 굴을 만들어
왔다.
공든 탑을 세워 뿌듯한 마음으로 세상을 읽는다.
짜릿한 단맛의 성취감이 성공에 희열을 낳고 어느덧 문득 생

각해 보니

내가 약해졌는지 세월의 무게가 많이 쌓여 무거워졌는지

삶이 버거워지고 제비 물 차듯 가벼운 몸은 물 머금은 솜처럼 무거워가고

아침 이슬방울처럼 초롱초롱하던 기억은 고장 난 레코드처럼 반복을 더해가면 나이의 무게에 공든 탑이 하나둘 무너져가고 생과 사의 균형추에서

사의 비중이 커져가면 절망의 늪에 빠져 허우적거린다.

삶의 지혜에서 배운 거래를 시도해 본다.

사의 지배자는 욕심이 많다. 생의 왕에게 하나둘 요구한다.

어쩔 수 없는 생의 왕은 목숨만큼 소중히 간직했던 곳간에서 제일 작은 것부터 하나둘 내어준다.

먼지 쌓이듯 소리 소문 없이 세월의 무게 추가 더해갈수록 싸움에서 승기를 잡은 사의 군주는 병이라는 무악 악랄한 군사를 보내 생의 자유를 하나둘 급박해 간다.

은행에 저축해온 욕망의 동전 조각까지 다 빼앗아가 버리면 원래 세상에 왔을 때 빈손처럼 빈손이 되어 인생원점으로 환원된다.

공수래공수거 인생은 무엇을 원했던고 내가 간절히 지키고자 했던 것은 내가 지킬 수 있었던가.

삶이 가장 절실히 원했던 사랑의 소유도 아름다운 부의 축적의 미덕도, 이별의 증오도, 탐욕의 욕심, 시기와 질투의 칼날도 생의 끝과 함께 흔적 없이 사라지는 봄날의 개꿈,

영원히 내 것이라고 도장 찍었던 소유도

나의 동의도 없이 타인의 소유가 되고

무얼 할 것인가 무얼 원할 것인가.

아무것도 가질 수 없는 세상에 생이 보여주는 마술에 속아

내 것처럼 잠시 보였다. 사라지는 신기루 꿈을

난 아직도 이 순간까지 못 깨고 있나 봐.

생의 가장 소중했던 모든 것이 꿈의 요술 상자인 오늘도

인생은 열심히 탐구한다.

삶의 끝자락 생의 화장장에서

생이 타고 남은 수북한 재 속에서 반짝이는 사리의 유물을

이리저리 샅샅이 찾아보지만 사후에 가져갈 사리도,

공든 탑도 없고 수북한 재 속에 돌 바위보다 더 큰 후회만 남더라.

작은 활력이 노를 저어간다. 간밤에 보여준 내 삶이 화려하고 찬란하지 않지만

세월의 전투에서 삶과 생존경쟁에서 생존기술을 갈고 닦아 배워 무디지만 매 순간 처음 대하는 시간의 적을 향해 실패와 성공을 통해 배워왔던 어설픈 기술로 욕망의 깃발을 펄럭이며 생로병사의 성을 함락해 왔다.

시간의 적은 갈수록 기하급수적으로 불어났고

세월의 인해전술로 나의 전력은 한계를 느끼고

늙음이라는 병력에 병이라는 원군까지 연합하다 보니

그 합동작전에 중과부적으로 사의 군주에게 항복할 지경에 이름에

힘없는 두 눈을 감고 어둠 깊은 침묵의 방에서 되뇌어본다

생과 사는 한 뿌리에서 나온 인생 줄기라는 것을 모르고
사를 이웃집에 두지 못하고 바다 넘어 홀로 사는 제국인 줄
알았고
생의 끝자락에 와서 희미하게나마 둘은 하나란 사실을 인정하
게 된다
둘은 언제나 함께하고 늘 붙어있는 한 짝이란 사실에 놀라울
따름이다.

2021. 1. 30.

농심

북풍이 놀던 자리
남풍이 찾아드니
바람 따라 구름이 모이더라
하나 둘 셋
그 뜻이 의기투합해
비가 되어
가락에 장단 맞추어
토닥토닥 지축을 울리네
그 울림에 얼음장 밑 개구리
두 눈 끔벅끔벅이면
곤궁기 산속 작은 짐승들 지혜를 모아
기린 잡아 풍족한 잔치를 하듯
봄비 소리에 놀란 땅속뿌리 여기저기서
물기를 빨아 올려
가지에 봄소식을 전하고
새벽잠 일찍 깬 농부 마음은
기차 창가에 스쳐 지나가는 풍경같이
수많은 할 일들이 스쳐 가고
분주히 아침을 준비한다

2021. 2. 1. 오전 1:30

사랑의 방정식

맑은 하늘에 구름이 모여
내가 부르는 사랑가 타령에
사랑비가 되어
그녀 가슴에 내렸네
그리워지는 마음에 그녀에게
전화를 했네
전화를 타고 쏜살같이 내 심장을 뛰게 한
그 말은 "아이 러브 유, 아이 러브 유."
얼마나 듣고 싶은 말, 얼마나 하고 싶은 말
사랑의 봄비가 땅을 녹이던 날
사랑의 봄비가 내 가슴도 녹였네
나도 그녀에게 말했네 "아이 러브 유, 아이 러브 유."
나는 그대를 사랑합니다
사랑해, 사랑해, 영원히 그대를 사랑하고 싶어요

2021. 2. 1. 오전 2시

잠 오지 않는 밤

희미한 초승달이
구름집 앞을 지나고
밤은 짙어가고
하늘엔 어둠만큼
구름 먹물이 진해가더니
한 획, 한 글자 수묵화를 그리는구나
저 그림 가지고 싶어
구름에게 달라고 했더니
한숨 자고 난 삼경부터
토닥토닥 가락 맞추며 비가 되어
땅 위에 그림을 그리네
봄비 내리는 흥부 마음도
봄비 맞는 농부 마음도
같은 마을일까
봄비 소리에 잠 깬
농부 계산이 복잡하다
이리저리 뒤척이며
봄 꿈을 꾸어보지만
통 잠이 오질 않네
어영부영 이렇게 또 한해가
시작되나 보다

2021. 2. 1. 오전 2시 13분

후회

장고에 들어간다
미간은 세로줄을 세우고
모든 것을 포기한 긴 한숨이 냇물을 건너간다
후회한다고 원점으로 갈 수는 없겠지만
가던 길은 갈 만큼 가고
멈추겠지
말은 그렇게 했지만
이미 주사위의 정해진 숫자는
변함없다
후회한들 새로운 계획을 세워 본들
　　　　사상누각이다
　　　　한숨 한 번으로 실패했던 일
　　　　덮어 버리고
　　　　이제부터 새 출발이다

2021. 2. 2.

비 맞은 장닭

너의 무궁무진한 수 싸움에
나는 속수무책
가마솥에 콩 볶듯이
참을성 없게 뛰는 심장 울림에
난 항복을 한다
멋진 허풍도 안 먹히고 있는 폼 없는 폼
다 잡아도 비 맞은 장닭 꼴에
닭 쫓던 개 꼴 났네
싸움에 진 군주가 머물 곳은
어디인가
무거운 절보다 가벼운 중이
떠나는 것이 도리
무사는 못 되어도
무사 정신의 깔끔함은 본받자
구차하게 구걸하기보다
없어도 가지고 싶어도 포기할 줄 아는
매끈한 인생이 되자
오는 복 즐겁게 받고 가는 복 감정 없이 포기하자
오늘도 달리는 기차처럼
아무 생각 없이 무작정 가자
세상만사 절대로 계획대로 되지 않는
예상대로 되지 않는 어설픈 확률 게임이니까

2021. 2. 4.

물새 한 마리

입춘 지난 시냇가
얼음장 밑으로 옥구슬 구르듯
이슬방울 방울 맺히듯
달리듯 멈추듯 졸졸 굴러가고
산모퉁이 돌아가는 길목엔
작은 웅덩이 하나
맑은 물이 수정 같다
물가에선 땅 버드나무 가지에
내음이 솔솔 피어오르고
봄바람이 귓속말로 살짝 속삭이면
남쪽에서 온 신사손님
물새 한 마리가
가지에 앉아 물속을 명경 바라보듯
뻔히 보고 있다
오늘 점심 메뉴는 피리로 붕어로 아님
힘 좋은 미꾸라지로 만찬을 즐길까
고민 중이네

2021. 2. 6.

종각

음력 섣달 그믐밤에
공원 벤치에 홀로 앉아
종각을 바라본다
화려한 단층에 조각조각 새겨
층층이 쌓아 올린
나뭇조각의 아름다움과
부잣집 상머슴보다
더 실하게 생긴 기둥이
떡하니 받치고 있구나
처녀 총각들이 밤마다 속삭이는
수많은 은밀한 이야기도
듣고도 모르는 채
천 년이 가도 입 꾹 다물고
약속 지키겠네
너른 광장에 개선장군보다
더 씩씩하고 푸른 소나무 친구를
옆에 두고 세월을 지키고 있구나
구름이 봄비 되어 이별이 눈물 되어
총총히 내리면 길 가던 이 우산이 되어
인연을 맺어 주겠네

2021. 2. 6.

오늘의 각오

어둠길 따라 고요히 밟고 온
오솔길이
동녘 하늘부터
훤한 길을 낸다
대암산
산마루에 올라서는 태양은
온 세상 만물을 비추며
밤사이 무탈 무사한지
안부를 묻네
아무 일 없다고 문 열고
옥상에 올라서니
황금을 칠한 집들이 번쩍번쩍한 것이
태국 사원같이
아름답다
마음은 벌써 곡괭이 둘러메고
들판을 가꾸고 싶은데
60 넘은 노구라 영 옛날 같지 않네
이래서 진시황이
불로초 구하려고 애썼나 보다
흘러간 강물은
뒤를 돌아보지 않고

한번 간 세월은 기억이라는 아련한 향수만 남긴 채
마음에만 존재하는 시간
세상살이 진퇴양난인데
지나온 길 돌아갈 길 모르고
죽는지 사는지 모를 혼돈의 앞날이긴 하지만
팔자거니 운명이니 하고
오늘도 있는 힘없는 용기 다 보태 땀나도록 열심히 살아 볼란다

2021. 2. 8.

인생 고뇌

사막에서 신기루를 보았네
황홀한 그 느낌에 홀려
나의 삶도 잊고
목적도 없는 나룻배
강물에 떠내려가듯 흐른다
철썩거리는 파도 소리에 놀라
심봉사 눈 뜨듯
두 눈을 번쩍 뜨니
망망대해로다
어디로 갈거나
지금 이 마음이
사랑을 고백해 거절당해
혼자 돌아오는 그 씁쓸한 마음일까
도박에 전 재산을 잃은 노름꾼의 마음일까
누가 누가 더 큰 아픔일까
이른 봄날 아침 늦서리에 겨우내 북풍한설 풍상 이겨내고
막상 피운 꽃이 얼음이 되어
내 발아래
낙엽이 되매 이 마음 어찌 표현하오니
잊을까, 버릴까, 이 한마음 버릴까
다 시간 속에 묻힐 이야기들을 긴 한숨과 함께

인생의 쓴잔을 마시며
홀로 명주실 꾸러미보다 더 긴 장고에
들어간다

2021. 2. 10.

이별의 고뇌

너의 노래를 들으니
물먹은 모래 물에 허물어지듯
하나, 둘
내 의지는 흩어지고
그대와 마지막 커피 한잔에
이별은 녹아들고
서산마루 넘어 석양이 곱게 물든 길을
먹먹한 마음으로
천천히 달려오는 내 마음은
오색물감 물에 풀어지듯
온갖 망상이 북풍 가을날 단풍비 되어
이리저리 흩날리듯 어지럽고
사나이 눈물은 촛불에 촛농 떨어지듯
내 발등에 떨어져
눈물 꽃 되었네
아직도 못다 한 미련이 있는지
어리석음이 남았는지
어리둥절한 내 마음이 밉다
얼마나 면벽을 보고
두 눈을 감고 있어야 할지 모르지만
쉽지 않은 싸움 같네

잊는다는 것, 헤어진다는 것
못 본다는 것이 익숙해지려면
온 길 만큼 되돌아가야 한다는 걸
소금에 절인 생선만큼
고뇌의 시간을 보내야 하겠지

2021. 2. 11.

석양빛

따사한 햇살이
졸고 있는 나른한 오후에
언덕 밑 작은 웅덩이에
세월을 녹이고
남은 하루의 마지막 찌꺼기
석양빛 가루가 한 웅덩이 가득 차면
만선의 기쁨에 줄 피라미
은빛 풍악을 울리며
금빛 물결이 찰랑이구나
석양빛에 산 그림자는
말을 탄 나그네 모양
길게 땅 위에 그림을 그리고
저물어가는 저해
산 너머 가면
길가는 나그네
오늘 밤은
어느 님의 품에
잘 들고

2021. 2. 19.

그대와 같이라서 행복합니다

하루일과를 마친 태양
푸른 강물에 목욕을 하면
석양빛 황금 거품이
잔물결을 타고
일렁거린다
소망 실은 조각배같이
물 위에 떠 있는 오리 한 마리
날은 저물어 가는데
지금 무슨 생각에 잠겨있을까
가을 낙엽이 강물에 떠내려가듯
외로움에 흐느껴 우는
내 어깨를 그녀가 살포시 감싸네
아득한 꿈에 촉촉이 젖어드는 이슬같이
사랑이 내 심장에 물결일 듯
스며들면
텅 빈 내 머릿속에
감명 깊은 음악 소리가 들린다
그녀에게 물어본다
우리가 이대로 생의 끝까지 함께하면
행복의 나라가 나올까
난 지금 그대를 사랑합니다

행복합니다.
그대와 같이라서 행복합니다.

2021. 2. 19.

일상의 행복

때 이른 봄바람은 강둑을 거닐고
석양빛은 다정히 친구 되어 함께하니
참 보기 좋다
나도 그대와 함께 친구 되어
바람이 전하는 봄소식에
신이나 엉덩이를 흔들어대는
강물의 잔물결이 그리는
그림을 아무 생각 없이 보고 있노라면
이게 행복인가
사랑인가
평온인가 싶으네
온갖 풍상 실은 강가에서
낚싯대 드리우고
대어를 기다리는 갈대에게 묻는다
갈대야 삶이 뭐니
나무꾼과 선녀 이야기니
흥부 놀부 이야기냐
춘향전 마당극 이야기니
갈대는 미소만 짓고 자기도 세상을 덜 살아
세상살이가 뭔지 확실히 모른다 하네
밀레의 그림같이

석양빛에 부지런히 이삭 줍는 기러기 아지매
한 말씀 거든다
세상살이 뭐 별거 있나
우리가 바꿀 수 있는 것 하나도 없고
그저 오는 행복 누리고 안 되는 것 집착 없이
가는 것 잡지 말고 물 흐르듯 순응하며
사는 이야기라고 하는데
이해는 되나 느낌은 없고
답 없는 삶의 정답에 혹시나 하고
귀 기울어 엿들어 본다
강바닥에서 수천 년 동안
강물의 비밀이야기를 알고 있는
모래알의 속삭임을

2021. 2. 19.

봄이 오는 소리

산 높고 골 깊은 양지 틈에
춘향이보다 더 기개 높은 매화야
겨우내 모진 북풍한설 다 이겨내고
어찌 홀로 꽃을 피웠더냐
눈꽃이 녹아
이별의 눈물이 되어 흐를 때
너도 용기 내어
가슴 속 깊은 사랑 담아
꽃잎에 한 잎 두 잎
연서를 써 휘날리면
내 사연에 감동 먹은 겨울 굴뚝새
한 잎 두 잎 물어
강 건넛마을까지
징검다리를 놓으며
비로소 봄은 용기 내어
한 발 두 발 강을 건너오는구나

2021. 2. 20.

지나간 청춘의 회상

우수 지난 저녁에
들길을 나서니
땅속에서 움츠린 개구리
옆 친구 살아남았나 전화를 하네
어둠 짙은 시냇가
아직도 허기진 배 못 채웠는지
물새 한 마리
서툰 낚시질이 한창이네
만물이 생동하는 울림을 듣고 있노라면
마음은 어느새 청춘이네
두 눈을 꼭 감고 옆집 수연이와
아무도 몰래 살짝 물오른 봄 내음을 맡으며
들길을 걷노라면
마음은 꽉 차고
몸은 사랑에 실려
흰 구름 뭉게구름 모양
어와 둥실 두둥실
떠다니겠네

2021. 2. 20.

첫사랑 그대를 사랑합니다

너와 나의 만남이
깊은 정이 쌓이듯이
이른 봄날 밤은
고요 속으로 깊어만 가
서러움 많은 반달이
가을날 박 걸리듯
서산마루 나무에 열렸고
빈 하늘에 보초병
북두칠성만 꾸벅꾸벅 졸고 있구나
입춘 우수 지난 이 들녘을
아직도 미련이 남았는지
밤바람의 매서움은
시집살이 설움만큼 차갑구나
밤하늘 가로지르는 저 유성처럼
가슴 한구석
찌릿하게 가르는 문뜩 떠오르는 그리움 하나
소년 소녀 시절에
모두와 바꿀 수 있었던
그 순수한 달콤한 첫사랑이
이 한밤을 녹인다
어쩌다 저쩌다 헤어진 나의 별에게

지나가는 봄바람에게
아직도 못다 한 말
꿈에서도 하고 싶은 말
난 아직도 내 마음 보물 상자엔
그대를 사랑하는 마음이 있다고
첫사랑 그대를 사랑합니다.

2021. 2. 21.

아침을 기다리는 마음

먼 길 떠나는 님
행여 가는 길 늦을까
새벽하늘을 가르는
장닭의 외침이
오늘따라 더 크게 들린다
초롱초롱한 새벽 별 넘어
여명은 밝아 오고
햇살의 부추김에
신이 난 사람들
흥정판 벌어진 오일장 장터처럼
분주한 아침을 맞이한다
오늘은 무슨 일기를 쓸까
오늘은 무슨 멋진 그림을 그려 볼까
인간지사 마음먹기 나름이라는데
큰마음 먹고 차분히 한 점 한 수
포석을 놓아가다 행여 인연 줄이라도 잡으면
힘차게 그물 줄 끌어 올려야겠다

2021. 2. 22.

구도의 길

이불 속 사랑 맹세처럼
그 순간 진정한 진심일지라도
시장통 북새통처럼
분주한 세상살이에 퇴색되지는 않았더라도
밀려오는 홍수 속의 물결에
다짐했던 그 마음도 물러나고
가을날 서리맞은 나뭇잎처럼
삶에 굴복해버린 작은 내 마음의 다짐이
고요 속에 어둠과 함께
잠 못 이룬 이 밤에
눈치 없는 소쩍새는 이산 저산에서
어찌나 울어대는지 뭔가 알 수 없는
작은 불안감에 마음을 달래려
두 눈 감고 면벽을 해보지만
머릿속은 만선 그물에 걸린
멸치떼 모양 세상 온갖 잡생각이
이리 뛰고 저리 뛰고
전쟁터만큼 바쁘다
무엇이 진실이고 무엇이 삶의 주체인지 알 수 없다
실타래 얽히듯 복잡하게 얽힌 머릿속을 노트에
잘못 쓴 오답 지우듯 지우개로 하나하나 지워보지만

머리도 꼬리도 몸통도 없는 그림자뿐이구나

인생을 다 녹일 만큼 긴 한숨이 영화 필름처럼

지나간 자리 다시 다른 장면으로 떠오르고

물 퍼낸 옹달샘 다시 가득 차듯

비우고 지우고 해도 또 생기는

나의 번뇌의 너의 조상은 도대체 누구냐

그래 너의 조상은 생이다

생의 작은 가지가 번뇌로다

이생의 고뇌는 날숨과 들숨의 합작품이요

그 근원은 뛰는 심장에 있으니

심장이 멈추지 않는 이상 삶의 고해에서 벗어 날 방법은 없다

계절에 봄, 여름, 가을, 겨울이 있듯이

삶도 오욕칠정이 순환하는 계절이 있구나

피할 수 없는 바꿀 수도 없는 것이라면

겨울철에 옷 하나 더 입고

여름철에 옷 하나 벗고

이렇게 저렇게 오는 대로 받아들이고 생각을 바꾸는 것이 제일이네

이름 모를 저곳까지 가기 전까지 삶과의 전쟁은 끝이 안 난다는 것을

알고 보면 삶의 전쟁이 삶의 본래 진면목이다

2021. 2. 23.

적포 나루터

한 방울의 그리움
한 줌의 보고픔이 수백 리를 달려
낙동강이라는 이름을 얻었다
낙동강 푸르고 깊은 물은
수많은 사람들의 사연 싣고
한번 쉬어 가기 좋은
적포 나루터에 왔구나
정 싣고 사랑 실어 나르던
뱃사공은 어디 가고
언덕배기 장승 모양
큰 다리가 두 팔을 활짝 펴고
강 너머 동네까지 사람들을 업어주는구나
꽃 나비 무리가 군무를 즐기듯
석양빛 햇살이 금빛 잔물결로
사랑을 속삭이면 이른 봄 새댁 매화나무는
하얀 꽃잎을 입에 물고
님 오시는 강둑에 홀로 서 있구나
옛날 주막에 주모와 장사꾼이
산나물에 막걸리 한잔 나누는
웃음소리와 걸쭉한 농담 소리가
지금도 들리는 듯하고
지금은 너와 내가 주안상을 마주 두고
옛사람들 모양 정을 나눈다

2021. 2. 23.

사랑 타령

햇살 따뜻한 어느 봄날
강남 갔던 제비
박 씨 물고 오듯
우연히 그녀를 만났네

한 번 보고 두 번 보고 또 보다
봄날 아지랑이 피어오르듯
내 마음에 사랑의 꽃이 피었네
언제 보아도 너무나 예쁜 그녀
보고픔 그리움이 쌓이고 쌓여
내 안에 너가 있을 때
난 그대에게 청혼을 하였네
이제부터 우리 인생 인연 줄 꽉꽉 엮어
세상이 다 하는 그 날까지
함께하자고 하늘에 견우직녀가 만나
땅 위에서 펼치는 그리움의 꿈을
그대가 짜는 비단 위에 사랑으로 한올 한올 엮어서
바위 위에 새겨진 글자처럼
영원하자고 첫날 밤 손가락에 새긴 글자
그 이름 사랑
그대가 내가 되고 내가 그대가 되었을 때
사랑은 비로소 한몸이 되니
참사랑 되리라

2021. 2. 24.

후회

인생은 삶에 나이테를 그리며
오늘도 제 갈 길로 묵묵히 간다
어디로 갈 거냐
무엇을 할거냐
언제나 갈림길에서 울고 있는
나의 인생아
어쩔까 어찌할까
대답 없는 질문에 삶은 언제나 후회뿐이다
지나온 길 욕심은 미련을 가지고
해보지 못한 꿈은 꿀보다 더 달콤한 유혹을 가진다
불나방처럼 어설픈 나의 인생아
갈 길이 천 리 길 만 리 길인데
천천히 쉬엄쉬엄 쉬어 가자
자전거 바퀴 구르듯 천천히
그대는 아는가
꽃이 지는 이유를

2021. 2. 24.

봄을 기다리는 마음

빨래를 들고 옥상에 오르니
구름 사이로 숨은 해가 달처럼 보이고
새초롬한 날씨는 겨울만큼 춥네
옆집 뜰 안에 선 매화나무는
간 보듯 꽃망울 하나둘 피우고는
펴 볼까 말아 볼까
망설이며 까치발을 하고선
아침 햇살을 기다리네
우수 지난 들녘엔
잔디 뿌리 밑에서 동안거 들어간
수행 중이신 개구리 처사
이제나저제나 봄 기다리다
두루미 목 되겠네
봄은 왔다 하는데
내가 느끼는 봄은
좀 더 기다려야 할까 보다

2021. 2. 25.

그리운 님

안개 짙은 산속에
강남 갔다 온 쑥국이 울던
어느 초 이른 봄날 오후에
비가 오는 발자국 소리에 창을 여니
선녀의 눈물이
나무꾼 언 가슴 녹일 듯이 흐느끼고
님 떠난 빈자리에
홀로 외로움에 씨앗을 심는다
떠나간 님 행여나 오실까
골목길 바라보지만
님 그림자 없어라
보고 싶다, 그립다, 눈물이 나도록
내 님이 그립다
님아 보고 싶다

2021. 2. 25.

잠 안 오는 밤

날씨 쌀쌀한 정월 대보름에
둥근 달은 어디 가고
눈물 꽃 피웠구나
밤은 깊어 만물은 잠들고
번민 많은 나와
술병에서 술잔으로 술 따르듯
빗방울만 토닥토닥
밤을 새운다
정리되지 않는 머릿속은
라면 끓듯 부글거리고
커져가는 심장 소리에
잠은 저만치 멀리 있고
이불 안고 뒤척이는
이 한밤 길기만 한데
여유를 못 가지고
우왕좌왕하는 나의 마음아
어찌해야 너의 수수께끼를 풀고
봄비에 씨앗 깨어나듯
마음속 구름은 봄비에 녹아버리고
행복한 마음만 생겼으면 좋겠네

2021. 2. 26.

그리운 그대

어느 날 우연히
그대를 만났네
웃음 짓는 그대 눈 속에서
나는 행복을 보았네
돌아와 생각하니
그게 인연이었어
무작정 그대가 좋아
이 밤이 새도록
그대에게 편지를 쓰네
내 마음이 그대 마음에 전해져
우리 사랑 되었으면 좋겠네
석양빛 저문 저 강가에서
고백하리
내 사랑을 그대에게
그대여 내 사랑 받아주오
하고픈 말 너무 많아
다할 수는 없겠지만
그대가 네게 하는 말
사랑해 그 소린 밤새 들어도
지겹지 않겠네

2021. 2. 26.

커피 한 잔

봄비 온 다음 날이라
햇살은 구름 속에 숨어도
날씨는 포근하네
아침 일찍 일어난 전깃줄 위 비둘기
일터 가기 전에
몸단장 열심이고
빨랫줄 위에 매달린
빗방울 형제들
눈빛이 초롱초롱하다
오늘은 무엇을 할까
본 빛 근사한 옷을 입고
그녀를 만나
잉어가 낚시질하는 호수 옆 카페에서
아메리카노 커피 한잔을 놓고
그대 마음 내 마음 잘 섞어
멋진 봄날의 하루 즐겨볼까

2021. 2. 27.

견우와 직녀

소년 소녀가 같은 마을에서 살았지
소년의 꿈은 태양이었고
소녀의 꿈은 달님이었지
그들은 남몰래 밤마다 만나
손가락 걸고 언약을 했는데
그 언약 하나하나가 밤하늘 별이 되었네
어쩌다 저쩌다 살다
인연 줄 없는 만남이었는지
시련의 고개였던지
꽃 피고 새 울던 봄날
진달래가 온 산을 물들이던 날
그대들 마음은 봄비 되어 내리니
그 슬픔이 큰 강이 되었더라
인연의 강줄기는 산하를 굽이쳐 몇 바퀴를 돌고 돌아
어쩌다 저쩌다 다시 마주 보니
흰 머리와 주름진 얼굴 거친 손에
굽은 허리지만
그 마음만은 초롱초롱한 새벽 별이네
막걸리 한 잔 앞에 두고
슬픔의 피멍 맺힌 한으로 풀어내는 일기는
눈물방울 방울의 매듭이었네

간간이 길게 쏟아지는 한숨은 눈물의 꽃이요
넘어가는 술은 세월의 눈물 깊은 통곡이어라
인생이 애달파 흘러내리는 눈물 콧물은
너 마음 내 마음이 타고 남은 숯가루
미어지는 가슴에
지난 날의 세월의 약속이 너무 밉다
기다림의 시간들이 너무 밉다

2021. 2. 28.

등산

마음이 울적해 산을 올랐다
숲 울타리 넘어
인간사 돌리는 보이지 않는 기계
어디로 가는지 무얼 하러 가는지
차 소리만 쌩쌩하고 지나간다
낙엽 깔린 땅에 누워
나뭇가지 사이로
비추는 햇살이 행복하다
코끝에 스며드는
낙엽이 삭아가는 이야기는
가슴을 먹먹하게 만들고
봄바람의 속삭임은
지난밤 꿈속에서 찾아 헤매다
아쉬웠던 꿈속 길 같고
날숨과 들숨이 무덤에 누운 이와 같으니
마음이 차분해진다
산 자와 죽은 자의 차이는 무엇이오
두 눈마저 감으니
세상사 근심 걱정 욕심마저 녹아나네
무덤에 누운 사람이나
낙엽 위에 누운 나나

.

똑같은 마음인데
다만 다른 것은 생과 사의 차이고
삶과 죽음의 차이 아니더냐
이치는 뻔한데 세상 문 나서면
나 먼저 욕심 먼저
아하 아무리 갈고 닦아도
욕심 앞에는
인간사 도로아미타불이더라

2021. 2. 28.

봄비 내리면 생각나는 그녀

안개비 짙은
고을에 봄비가 온다
모처럼 산나물 바구니에
봄의 풍경이 가득하고
토닥토닥 내리는
낙숫물 소리
심금을 울리는구나
들판에 펴 놓은 술판에
빗물 반 술 반이지만
기울이는 술잔마다 정 가득하니
이 또한 옛정의 그림자
넘고 넘다 보면 인생고개 다 넘어가고
그리움만 남는다
어이 할까 어이 할까 망설임은 더해 가지만
옛사랑의 그리움은 어찌할까
한잔 술의 보고픈 그 사람
또 한잔 술에
그리움이 쌓이는 그대는 누구인가
사랑이 그리운 시간
그리움이 연가를 부르고 떠오르는 그대 얼굴
한 잔 술에 생각나는 얼굴

두 잔 술에 안기고 싶은 그대는
진정 내 사랑이어라
사랑합니다
자랑하고 싶습니다
그대가 내 사랑이라고
한없이 목이 쉬도록 불러보고 싶은 그대
그대는 내 사랑이어라

2021. 2. 28.

고독

그 진한 술 한잔에
눈물은 청춘가를 부르고
어미 떠난 새끼강아지
밤이 새도록 엄마 품이 그리워
절규할 때
나 역시 사랑에 고파
이 한밤을 불빛 찾아 헤매는
불나방 되어 방황하였네
그리움의 끝 외로움의 끝은
어디에 있나
인연에서 만나
이별에서 헤어진 나
해가 지면
매일 오는 밤이지만
님 향한 이 마음은
고요한 밤바다 위에 등댓불보다
더 외로워
한 편의 시로 한 편의 그림으로
표현해도 다 못할 나의 심정아
내 아픈 마음 밤에만 슬피 우는
저 소쩍새는 알까

숲 속에 버섯 피어나듯
사랑은 한순간이지만 그 여운은 평생으로 이어져
비 오는 날이면 문득문득 옛일이 밀물처럼 밀려오면
나무 조각배 모양
그대 향한 이 마음은 밤새워 출렁인다

2021. 2. 28.

그리운 청춘

보내기 싫은 님 보내기 싫어
이슬비는 보슬보슬 내리고
솔잎 끝에 맺힌
빗방울 방울마다
사연 실은 꿈 영글어 지구나
이런 날이면
따뜻한 난로 옆에 앉아 창을 열고
그대와 같이 차 한잔과 유쾌한 웃음소리가
담장을 넘는 그런 시간을 갖고 싶다
살다 보면 좋은 일이
때론 삶이 힘들어 쉬고 싶을 때
의지하고 함께하고 싶은 사람
봄비 내리는 날이면 더욱더 그리워진다
이 비 내리고 나면 꽃봉오리에 물이 오르고
물오른 꽃봉오리
힘차게 꽃잎 펴 노래하듯이
나도 그대와 함께
추위에 움츠린 내 어깨도 활짝 펴고
힘차게 물살을 가르며
나아가는 무역선처럼
희망에 부푼 나의 꿈 보따리를

한 배 싣고 신천지를 향해 가고파라
봄비 오는 오늘만큼은 짚불처럼
사그라져가는 젊은 날
내 청춘의 꿈을 봄기운 머금은
저 광야에 심어 외쳐 싶다
청춘이여 다시 한번

2021. 3. 1.

넋두리

잠 안 오는 밤
이불 안고 이리저리 뒤척여 보지만
먹이 앞에 둔 참새 모양
두 눈망울만 초롱초롱
무엇을 할까
무슨 생각을 할까
아무리 궁리해도
공염불
하룻밤 잠들기도
이렇게 힘든데
내 사는 인생이
명주 실타래 풀리듯
술술 풀릴 수 있겠느냐
돌아보면 매듭이고
넘다 보면 매듭일세
삶은 고해라고 했다
고해에 빠져 바둥거리면
바둥거릴수록 힘 빠져
짜고 쓴 물만 더 먹을 뿐
얻는 게 무엇이냐
느리게 살자

어차피 이 세상 물건 내 것이라고는 하나도 없다
잠시 빌려 쓸 뿐

2021. 3. 3.

나무 심는 날

봄비가 밤새워 내리고 나면
목말랐던 작은 웅덩이는
봄빛이 가득 차고
냉이꽃 그늘진 곳에
개구리 사랑 놀이터
냇가 땅 버들 물오르면
내 마음도 봄빛이 물올라
나무를 산다
철새들 때 되면 이동하듯
내 마음도 때가 되면
나무를 사 나의 영토
이곳저곳에 영역 표시를 한다
나무에 미래의 꿈을 실어
나의 만족한 마음도 실어
함께 키운다
나는 뛰는 나의 심장 소리와 함께
봄비 맞으면
나의 영토로 순찰간다

2021. 3. 3.

지금 이대로

서산마루 태양은
석양 노을빛 짙은 강물에
불꽃놀이를 하면
사당 패거리 모양
중태, 피리, 먹지가 재주 넘기에
강물은 박수를 치고
강가에서 마주 앉은
너와 나의 속삭임은 시작되고
그윽이 바라보는 너의 눈엔
사랑이 줄줄 흐르고
너를 바라보는 나의 눈엔
행복이 가득 흐르네
어찌하면 어떻게 하면
지금 이 시간을 멈추게 할 수 있을까
심봉사 삼백석 공양미에
두 눈 번쩍 뜨듯
두 눈 번쩍이는 생각 없을까
아무래도 좋아
이 순간 이대로가 좋다

2021. 3. 3.

마음의 풍경

너는 호미 들어 밭매고

난 괭이 들고 밭 일구고

자긴 소쿠리에 산나물 뜯고

난 지게 바자리에

소풀 가득 베고

우리 옛날처럼

느리게 살아보구려

커피 대신 뜰과 산에 피는 꽃잎 따다

차 마시고

빨리빨리 빠름 대신

하룻밤 빗방울 소리로

뽀글뽀글 천천히 익어가는 막걸리처럼

느리게 살아요

각진 아파트의 깔끔함보다

지푸라기 푹신하게 깔린

외양간 모양 격식 없이

무작정 편안하게

지어진 편안한 촌집에서 살아요

2021. 3. 2.

고독한 마음

봄비가 온다
이 비 맞으면
가슴 속 청춘에 묻어 둔 사람
새싹 돋듯 새롭고
시냇물 졸졸 흐르는 곳에
홀로 선 철 이른 백로 한 마리
외다리 자세로 고독을 즐기는지
봄비에 물방울이 들려주는 사랑가를 듣는지
깃털이 다 젖도록 서 있네
나는 모른다
백로의 마음을
팥쥐 어미 심술부리듯
봄비가 사흘 나흘 동안 내리면
내 마음은 물에 흠뻑 젖어
외로움이 눈물 되어 흐르고
때론 보고픔으로 긴 한숨이 담배 연기처럼
꼬리를 문다
밤은 어둠 속으로 물감 풀리듯
물들어 가면 나도 마음이 허전한 이를 만나
따끈한 안주에 술 한잔 하고 싶다

2021. 3. 4.

보빈이 어린이집에 보내며…

박경래 선생님 안녕하세요

보빈이 엄마입니다.

보빈이를 처음 어린이집에 보내다 보니 걱정도 많이 되고 설레기도 하고 그러네요. 보빈이의 특성에 대해 드리고 싶은 말씀을 말로 드리는 것보다 편지로 드리는 게 나을 것 같아서 몇 자 적어봅니다.

보빈이는 기본적으로 불안도 높고 예민한 기질의 아이입니다. 처음 새로운 것을 접할 때 적응 기간이 많이 걸리지만, 익숙한 장소나 익숙한 사람들 앞에서는 활달한 아이입니다. 지금 방문 미술수업을 하고 있는데 미술 선생님께 처음 한두 달은 선생님만 봐도 엄청 울었는데, 6개월이 지난 지금은 먼저 가서 안기고 좋아합니다. 어린이집도 적응되면 즐거워할 거라고 생각됩니다.

처음 어린이집 상담을 갔을 때 엄청 울었는데 밤에도 불안했는지 자다가도 대성통곡하고 울더라고요. 그래서 보빈이가 받을 충격을 최소화하기 위해 천천히 적응시키고 싶습니다. 그래서 3월 처음에 1, 2일은 엄마와 같이 놀다가 오기, 2번째 주부터는 30분, 3번째 주는 1시간, 4번째 주는 한 시간 반, 이런 식으로 점차 적응하고 싶습니다. 4월에는 밥 먹고 하원하기, 5월에는 낮잠 시도하기가 적응 목표입니다.

이렇게 점차 늘려가서 저는 군무원으로 일하고 있는데 9월에 복직이라 복직하면 하원 시간이 늦어질 것 같아 최종적으로 8월 말까지는 5시 정도까지 보빈이가 어린이집에서 있을 수 있도록 적응시키고 싶습니다. 어린이집을 익숙하게 해주기 위해 2월 말부터 자주 어린이집 앞에 와서 닭도 구경하고 가고 선생님이 보빈이 주라고 했다고 하면서 보빈이에게 사탕도 주고 그랬습니다. 그랬더니 처음에는 어린이집 가야 한다고 말만 해도 울었는데 지금은 꼬꼬 보러 가자고 하면 알았다고 합니다.

보빈이가 닭을 좋아하는데 어린이집에 닭이 있어서 다행인 것 같아요. 보빈이는 태어나서 지금까지 대부분의 시간을 주 양육자인 저와 보내서 저와 떨어진 적이 별로 없어요. 그래서 걱정되는 부분들이 많지만 보빈이가 잘 적응할 수 있도록 많은 관심과 사랑 부탁드립니다.

보빈이의 발달에 대해 말씀드리면 다음과 같습니다.

언어는 수용언어- 말귀 다 알아듣습니다.

표현언어- 대부분 의사는 언어로 표현 가능하고

간단한 문장은 문장으로 말합니다.

대근육 발달은 걷기, 뛰기 가능하지만 두 발 점프는 가능하나 아직 조금 어설픕니다. 낮게 뛰거나 엇박자로 뛰어요

계단 오르기는 난간 잡고 가능합니다.

난간 안 잡고 계단 오르기는 잘 못 해요.

대근육 발달은 조금 늦은 편이었습니다.

14개월에 걸음, 소 근육 발달은 숟가락질, 스티커 떼기, 블록 쌓기, 연필 잡고 그리기 가능하고 가위질은 종이 잡고 가위 자르는 흉내 내요

종이를 어설프게 잘라요.

컵으로 물 마실 수 있어요.

배변 훈련- 대변은 거의 대부분 변기에서 합니다.

(한두 번 실수할 때 제외)

소변은 가끔 변기에서 해요.

대변, 소변 둘 다 응가 한다고 말합니다.

기저귀는 아직 차고 있어서 기저귀에 할 때는 그냥 놔두고 응가 하고 싶다고 할 때만 변기에 데리고 가고 있어요.

보빈이가 사시가 있어요 생후 6개월에 발견했고 지금은 대학병원에서 추적 관찰하고 있습니다. 가끔 초점이 맞지 않을 때가 있어요. 어디를 쳐다보고 있는지 모르겠다는 경우가 있어요 교수님 말씀은 다른 눈 기능은 정상이고 사시 각도 큰 편이 아니라 지켜보자 하셔서 정기 검진받고 있어요.

보빈이가 뽀로로를 좋아해요. 뽀로로를 뽀뽀라고 얘기하는데 뽀뽀 사탕 준다고 하면 엄청 좋아합니다. 뽀로로 영상을 보지는 않았는데도 뽀로로를 엄청 좋아하네요. 닭도 좋아해서 어린이집에서 울면 꼬꼬 보러 가자고 하면 좋아할 거예요. 보빈이는 기본적으로 영상 만화영화는 노출시키지 않았습니다. 다만 보빈이가 첫째이고 요즈음 코로나로 사람을 만나지 못하다 보니 다른 아이나 보빈이 영상을 보여줬는데, 조카 이름이 재희라서 재희야 보여달라고 말할 때가 있습니다.

보빈이가 좋아하는 반찬은 생선을 좋아해요. 물고기 준다고 하면 밥 잘 먹어요. 밥 양은 많아 먹는 편은 아니에요. 밥보

다는 반찬을 많이 먹는 것 같아요. 보빈이가 잠이 오면 어부

바해 달라고 합니다.

보빈이가 사실은 단유를 21개월에 해서 단유한 지도 얼마 되

지 않았어요. 그 전까지는 젖을 먹으면서 자다가 최근에 단유

하면서 업어서 재웠어요. 업어서 곰 세 마리 노래를 불러주면

자는데 요즈음은 업어서 자지 않고 누워서 애착 인형 안고

자는 연습을 하고 있어요. 어린이집에서 낮잠 시도하기 전까

지 누워서 잘 수 있도록 신경 쓰겠습니다.

선생님 긴 글 읽어 주셔서 감사해요.

보빈이에 대해 적어 봤는데 그 외에도 궁금하신 점이 있으시

면 언제든지 연락 주세요. 앞으로 잘 부탁드리겠습니다.

감사합니다.

보빈이 엄마 드림

2021. 3. 3.

경칩 날 아침

경칩 날 봄비에 깜짝 놀란 개구리
두 눈을 크게 뜨니
언덕배기 매화 꽃잎
나룻배 노 젓듯
꽃나비 춤추듯
살포시 땅 위로 내려앉고
안개 낀 들녘 길 따라
빨간 우산을 들고
빗속을 걸어가는 여인의 뒤태가
봄꽃보다 예쁘다
비 오는 창공 빈 하늘엔
내 꿈 같이 학의 우아한 날갯짓이 여유롭다
행복해 살며시 두 눈 감으니
꿈속 길 같은
추억 속에 소녀와 함께
어깨동무하고 걷는 길이
메아리 여운처럼 새록새록하구나
깊은 산속에서 들리는
산새들의 사랑가 소리 담장을 넘는다
그렇게 봄이 땅을 물들이면
춘심에 짙어진 내 마음은 철 지난 사진첩을 꺼내 보면

미소 짓는 내 얼굴에 주름이 더해간다
주름 속에 지난날의 이쁜 추억이 새겨진다

2021. 3. 5.

어느 봄날 아침

경칩 지난 아침이라 해도
바람살은 쌀쌀하다
처마 밑에 하룻밤을 묵고 간 참새
인사 소리 요란하고
오늘도 자기가 왕이라고
장닭 유세가 대단하다
젖 뗀 강아지 모양
손주 녀석들 난리법석에
세상살이 활력은 더해가고
무심의 도를 깨우쳤는지
마당에 있는 개는
무표정이다
오늘 아침도 이렇게 각자 할 일을 찾아
충실하네

2021. 3. 6.

할배와 손자의 등산

어미 개와 강아지
할배 그리고 손자
경칩 지난 밭둑을 지나
봄 향기 솔솔 나는
산길을 오른다
비탈길은 할배와 손자가
작은 손 큰 손 마주 잡고
한마음으로 오른다
산 중턱을 오르니
솔밭 사이로 진달래 예쁜 꽃이
이팔청춘이다

솔 순 끝에 맺힌 청운의 꿈은
땅의 기운으로
용광로처럼 뜨겁고
손자의 마음엔 용기가 충천하고
할배 마음엔 뿌듯하기가
하늘을 덮고도 남겠구나
강물이 태산을 넘어
바다로 가듯이
할배에서 손자로 이어진 생명줄은
강물처럼 영생으로 이어지리라

오늘 하루도 하늘을 우러러본다
석양빛에 하얀 모래밭을 갈고 오는
금빛 조각들의 강물에 속삭임
저녁노을 짙어가는 산마루에서
할배는 손자 손을 꼭 잡고
행복 씨앗들을 오월 송화가루 뿌리듯
세상을 향해 뿌린다

2021. 3. 8.

욕심 그리고 나

무작정 연필을 잡는다
돌 아이 돌잡이 하듯
세월은 나에게 아무 말 없지만
그러나 흔적을 남긴다
나무에 새겨진 아픈 상처만큼 큰 흉터를
무엇이 무엇을 그렇게 미련이 남을까
불꽃보다 더 진한 욕망
무엇이든지 삼킬 수 있는 삶의 전부
도인처럼 욕망을 잘 코뚜레 해
필요할 때 조금씩 꺼내 쓸 수 있도록
훈련을 한다 수련을 한다
야단법석이지만
물속에 공기를 가두는 일 만큼 어렵다
어찌하면 어떻게 하면 내가 너의 마음을 얻어
너를 애인처럼 친구처럼 네가 필요할 때
욕망의 지혜
마음의 벗이 되어 세상을 잘 살 수 있을까
욕심아, 욕심아, 너는 세상에 누가 잘 좋으냐
물론 놀부보다 나라고 하겠지만
난 너를 나의 전부보다
양념 정도로 쓸란다

내가 없으면 쓰러지니까
이 밤도 조용히
너란 존재를 인수분해에다가 미적분 해 너의 비밀을
알아보려고 명상이나 해볼까 한다
너의 비밀의 성을 점령하기 위해
나의 지략과 기막힌 수법으로
너를 공약하면 넌 공기처럼
아무런 색깔도 존재도
보이지 않는다
이거다 하고 평온한 마음으로
한숨 푹 자고 행복한 마음으로 일어나면
돋아난 햇살과 함께
너의 부활은 시작되고
나의 하룻밤 꿈의 천하는
백일몽으로 끝난다
칼로 물 베기 한 강물처럼 흔적없는
도로아미타불
참 웃긴다
보이지도 만져지지도 힘도 없어 보이고
무시해도 좋을 만큼
개미만큼 작은 너인데

개미에 물린 상처
아린 아픔만큼
항상 나의 마음에 자리한 너
난 오늘도 내가 너에게 코뚜레 당해
끌려간다
나라 잃은 백성모양
불평불만 해보지만 어쩔 수 없다
힘없는 백성이 떡과 힘 길러
독립운동하듯이
나 역시 너 몰래 너를 이길
폭탄을 만들어 어느 날 너를 자폭시키고
내가 주인 되는 그 날 꿈꾸며
오늘도 내가 요구하고 만족하는 일을 위해
노력한다
내 육신과 정신의 진이 다 빠져
밑구멍 없는 너의 망태는 가득 차지만
한숨 돌리고 나면 넌 또 요구하고 난 어쩔 수 없이
너의 망태를 채우려 강제노역에 나선 날이 몇 년이더냐
반쯤 안 너의 비밀이지만
아직도 너는 죽음이 나를 평정할 때까지
나의 주인이 되어 왕 노릇 하겠지만

난 그 전에 너를 나의 종으로 만들 거야
큰 비밀은 낮이 밤이 되고
밤이 낮 되는 원리가 있어
난 그 큰 지렛대를 이용해
너를 네가 쓰는 수법 반대로
역발상 해 너를 아주 가볍게 제압해
너의 꼬드김에 안 넘어가고 너 좋은 일 안 해
왜냐면 이 세상 모든 일이
내가 죽으면 허사인데
결국 나도 언제가 죽는다 말이다
내가 왜 하노 이런 헛일을
너를 금고 속에 가두고
이제는 내가 너를 조금씩 음식에 소금 간 하듯
너를 아끼며 살란다
오늘이란 음식에 너란 놈을 넣어 소금 간 알맞게 해
행복한 식사를 해야겠다

2021. 2. 7.

봄비 내리는 아침

어제는 봄비가 내렸다
온종일 내리는 봄비는 남으로 난 창가에서
차 한잔을 놓고 상념의 세계로
빠져들게 한다
봄꽃 허물 벗듯 한 꺼풀 한 꺼풀
벗겨지니
내 청춘 시절 짝사랑했던 사람이 나온다
지금은 백발이 된 나의 청춘이지만
두 눈을 감으니 마른 골짜기
봄비에 시냇물 되어 흐르듯
내 눈물이 흐르네
아득히 떠오르는 그리움에
몸살을 한다
꽃은 아픔의 결실이라고
잊지 못할 사랑은 마음의 씨앗인가
처마 끝 낙숫물 소리는
님의 발자국 소리 같아
놀란 눈 떠보니
봄 꿈 실은 나뭇가지에 앉은 비둘기 한 마리
흠뻑 젖은 몸에 미동도 없다
저도 님 생각하는지 아님 삶이 고달파 고독을 즐기는지
내 마음과 한마음인지 나는 몰라

2021. 3. 12.

참새의 고독

봄비가 온다
봄비가 가슴속 청춘에 숨겨둔
깊은 곳까지 스며들어
꺼내어보고 싶지 않은
만나보고 싶지 않은
고독을 녹여 외로움이 빗소리 따라
흘러나온다
광야에 홀로 선 그림자처럼
외로움은 더해가고
밤 깊은 산 속에서
부엉부엉 울어대는 부엉이 소리 처량하다
그림자 없는 전등 불빛 아래
고독의 방랑자 되어
흐느끼는 나의 영혼아
내리는 봄비야
네가 내 영혼에 눈물이 되어
나의 외로움 씻어 주면 좋겠다
봄꽃이 봄비 맞아 떨어지면
넌 그 위에 내 눈물이 흙탕물로
무덤을 만들고
봄비에 깃털 흠뻑 젖은 참새 한 마리

갈구하듯 젖은 땅을
깨달음을 찾기 위해 부리로 땅을 파고 있구나
날은 저물어 어둑어둑해 가는데

2021. 3. 12.

가상 화폐

자면서 보고 웃다가 잠 깬 새벽에 보면 날벼락

어떤 때는 비행기 태웠다

또 다른 어떤 때는 물속에 빠뜨린다

웃고 울리는 너의 정체는 무엇이냐

넌 허울 쓴 허수아비

그 진짜는 욕심

이익 봐서 팔아 기분 좋았는데

판 것이 미친 듯이 오를 때

닭 좇던 개 지붕 쳐다보는 아린 심정 어쩔까

몇 달이고 사둔 것이 다른 것 다 오르는데 내 것만

안 오르는 안타까운 마음 어쩔까

올라도 후회 중이고

안 올라도 후회

안 한다 하면서도

나도 몰래 시작하는 도박의 심사

어찌해야 이 병 고칠까

정답은 욕심을 버려야 하는데

그 우물물 안 마신다고 맹세하고

돌아서서 찾는 나의 어리석음아

오늘도 욕심의 노예가 된

애달픈 내 인생아

삶이 욕심이랬지

2021. 3. 13.

봄날 아침

솔바람 쉬어 가는 산 중턱에
분홍빛깔의 진달래꽃 피면
산 먼발치 피라미 중태 마을에도
노란 개나리꽃 피겠지
봄꽃의 축제는 시작되고
새벽 별마저 잠든 밤이면
하늘의 기운은 비로써 땅에서 합방을 한다
아침이 부지런한 오일장 장사꾼 모양
동쪽 산마루를 넘을 때
놀란 하늘의 기운은
하얀 안개비를 타고
허둥지둥 산허리 돌아
산꼭대기 너머로 돌아간다
따뜻한 햇살이 나의 마음을 쟁기질하면
춘심에 흥 난 농부는 괭이 삽자루 둘러메고
나의 영토를 향해 간다
요리조리 고랑을 짓고 심고 싶은 씨앗을 뿌린다
씨앗 속에는 나의 희망과 꿈도 함께 심는다
그대도 나와 함께
이 봄의 향연에 춤 한번 추실까요

2021. 3. 14.

오일장 풍경

봄비 온 다음 날
화창한 날씨에
공기는 깔끔 상쾌하다
강물처럼 구불구불
산도 넘고 강을 건너
사람과 사람을 이어주는
도로를 따라 모두다
무슨 사연 싣고 가는지
모두다 바쁘기만 하네
오늘은 손주를 데리고
봄나들이 가는 날
세상에 무슨 구경 무슨 구경이 좋다고 해도
오일장만 한 구경은 없다
만나는 사람 스쳐 지나가는 사람
낯설어도 오고 가는 인사는 이웃일세
시장 한 바퀴 돌아가면
눈 호강, 입 호강, 귀 호강
구수한 냄새에 코 호강까지
천하에 제일 구경은 사람구경
장사꾼과 손님이 흥정하는 소리
두 마음이 한마음이 되니

웃음소리 한 바가지일세
손자 손에 붕어빵이 할매 손엔 명태 두 마리
모두다 오순도순 고기 굽는 연기만큼 고소하다
장터 순대국집에 들어가
막걸리 한 사발에 장국 한 그릇이면
임금님도 안 부럽고
흥에 겨워 춘삼월
뻐꾸기 노래하듯 낯선 이웃에게
권주가를 부르는구나

2021. 3. 15.

봄비 내리는 날 풍경

봄비가 온다
날개 젖은 작은 새 두 마리
피난 오듯이 가쁜 숨으로
처마 밑으로 숨어들고
장독대에 선 오래된 목련 나무
언약 맺은 약속 지키듯
올해도 활짝 펴
강물에 나룻배 노 저어가듯
꽃잎에 연서 적어
빗물에 띄워
님에게 보내라고
땅 위에 확 뿌려준다
물 고인 마당에 개구리 한 마리
겨울 내 땅속에서 득음한 목청으로
연가를 고운 소리로 불러보지만
봄비가 차가워서 그런지
연애기술이 없는지
약속한 그대는 나오지 않았나 보다
창에 턱 괴고
두 눈을 감았다 떴다 하는 나는
무슨 생각을 할까

2021. 3. 20.

형제

어느 땅 어느 하늘 아래인지
처음에는 몰랐어요
그저 부는 바람이 어디서 살다 왔는지 모를
물과 시간이 맺어 준 인연 따라 왔어요
콩 꼬투리 익어가듯 한 껍질 속에서
비슷한 모양으로 생겨난
순서는 달랐으나
겉모양은 비슷했고
성질 또한 비슷했지요
같은 껍질 속에서는 서로서로
아껴주고 위로해주고
동심 일체였지요
어느 날 가을 햇살이
나그넷길을 재촉할 때
천지개벽하듯 콩깍지는 터지고
콩알들은 세상 어디론가 튕겨
좋은 자리 안 좋은 자리
가릴 여유도 없이
바람이 정해준 자리에 자리 잡고
북풍한설 어려움을
묵묵히 인내로 참고 견디는 이와

도와 달라고 떼쓰는 이와

보이지 않는 미움 때문에

담장을 하고 외면하던 시절도 지나고

이제는 한 세대가 끝나고

다음 세대를 준비하네

이제는 삶의 압박에서 벗어나

뒤를 돌아보니

세상을 먼저 알았던 내가

좀 더 양보할 걸 싶은데

나 역시 그 시절은 그대보다 더 힘들었네

도움을 외면한 것이 아니라

내 생존이 더 급했던 거야

다만 너에게 말하지 않았고

넌 나에게 도와달라고 했지

사실 난 여유가 없어서 넌 그 사실을 몰랐던 거야

내가 뿌리였다면 너를 위해 나의 전부를 줄 수도 있어

현실은 한 뿌리 다른 가지 다른 열매에서

서로서로 위하는 마음은 같은 마음이나

마음과 마음 사이에 때가 너무 많았을 뿐이야

그때는 이해타산이지, 한 겹 한 겹 벗겨내면

인간의 진면목이 나올 거야

살아온 삶 다시 한번 더 복귀해 보면
마음은 잘할 것 같으나
실제로 다시 해봐도 결과는 똑같다
왜냐면 사람은 먹어야 사니까
이게 조물주의 절대 법칙이야
그래서 신은 우리에게
숙제를 주었지
버려라, 버려라, 인간사 모든 일 헛공사라고
정답은 주었는데 그런데도 아직 난
그 사실을 깨닫지 못했어
수많은 삶을 더 살아야 알 수 있을지도 몰라
수도승이 오도송을 읊듯 계란이 병아리로 깨어나듯
어느 날 문득 나에게도 바로 이것이야 하고
둥실 두둥실 춤 한바탕 추는 날이 오겠지
삶의 길은 어렵고도 쉬운 숙제인데
오늘도 낚시질 연거푸 해보지만
인생의 대어 깨침은 없네

2021. 3. 21.

창고 풍경

봄비 온 새벽녘
바람살 쌀쌀하나
청명함은 옛날이나 지금이나
똑같구나
찬 한기에 아궁이에 불 지피니
연기가 하늘에 붓이 되어 그림을 그리고
먼 길을 떠나가려는지 기러기 떼
아침부터 창공에 수를 놓구나
뒷마당에 개는 무슨 일로 저렇게 짖어대는가
오늘도 여전히 우리 집 장닭 울음소리는
이웃집 암탉 춘심을 녹여내고
가마솥 아궁이에 타는 장작의 불꽃은
섬마을 동백꽃보다 더 붉구나
아침 햇살 일찍은 언덕 밭 양지에
화사한 매화꽃이 옛 여인의 풍치를 더하고
참새 떼 지저귐에 늙은 농부의 마음에도
새 봄이 오는구나

2021. 3. 21.

춘심

잘 닦아 놓은 그릇 반짝이듯
비 온 뒤 아침 햇살 찬란하다
부지런한 참새 두 마리
전깃줄 위에서 뭐라 뭐라 말하더니
꽃구경 가자며
날아가는 날갯짓이 힘차다
어린아이 이 돋듯
산나물 들나물 세상구경 나왔겠다
오늘은 꽃향기 찾아
한 마리 나비 되어
들로 산으로 자유비행 한번 해볼까
헷갈리네
물오른 수양버들이 펼쳐내는
시냇물 이야기도 좋은데
언제나 갈림길이 문제야

2021. 3. 22.

노인의 오후

산속 밭 한 귀퉁이
가시덤불 속에
작은 꽃 듬성듬성 앵두나무 꽃이 피었네
몇 년 늘 다녀도 몰랐네
햇살 따뜻한 봄날 밭에 나와보니
우연히 알게 되었네
특별하지 못하면 주목받지 못하는 것은
인간사는 세상이나
초목 세상이나
똑같은 것
나도 저 꽃같이 봄 햇살에 지고 말 무명인인가
봄바람에 수양버들 꼬리 살랑살랑
반갑다고 흔들고 큰 나무 아래 선
진달래는 관심 더 받기 위해
남보다 일찍 피었나 보다
이 산에서 쑥국이 한번 울면
저 산에서 메아리같이 답하고
산속에 부는 바람 소리는
오일장 떨이 물건 팔 듯
세상사 이야기 마구 쓸어오고
햇살에 꾸벅꾸벅 조는 나도
이젠 노인이 다 되었나보다

2021. 3. 22.

봄꽃 지던 날

간밤에 나뭇가지에서
바람이 울던 날
서쪽 하늘 초승달은
산 너머 마을로 마실가고
빈 하늘 보초별 잔별들만 두 눈 껌벅껌벅하고
깜깜한 산속 깊은 곳에서는
떠나간 님 찾는다고 두견새는 진달래 꽃잎이 물들도록 울었네
올해는 더 잘해보겠다고
동안거 열심히 해 춘분 지난 시절에
꽃망울 맺어 이번에는 한 방이다 했건만
간밤에 너무 추워 햇님에게
도움을 청해 아침 햇살이 인공호흡을 했지만
얼음이 된 꽃잎은 청춘에 눈물 되어 떨어졌네
죽은 새끼 떠날 때
울던 그 눈물로 발등이 젖어
마음은 천 갈래 만 갈래 찢어져도
하늘이 하는 일 어쩔 수 없다
이것은 운명이다
위로해보지만 하늘이 밉다
같이 죽자 한들
죽어지지 않는 목숨

그 이유는 태어날 때부터
내년이란 희망을 가슴속에 새겨 놓은 까닭에
피를 토하는 가슴 멍울 안고
오늘도 살아야만 하는 이유다
그래서 부처는 세상을 괴로움의 바다라고 했다
이 세상 모든 시련을 이기고 나야
무릉도원을 만날 수 있다 했고
중도 포기는 더 큰 고통이 기다리고 있다 했다
어쩔 거야 바꿀 수 없는 것이 운명이라면
할 수 있는 방법이 없다면
아무리 저항해 본들
고통이 더해진다면
차라리 순응에 항거가 더 큰 저항 아닌가
꽃피는 이 봄이 싫다
하룻밤 찬 서리에
폭삭 사그라드는 꽃잎에 청춘이 슬프다

2021. 3. 23.

홀로 걷는 밤길

이른 저녁을 먹고
강둑 따라 활짝 핀 벚꽃길을 걷는다
축제 퍼레이드가 끝난 거리처럼
영광의 조각들이 깔리고
초승달 그림자가 모래밭을 비추고
마실 갔다 돌아온 종달새
무엇 때문에 화가 났는지
바가지 긁는 불평불만 소리가 대단하다
눈물의 약속 이별은 말없이 흩어진 꽃잎의 하소연이고
터벅터벅 걷는 발걸음 소리는
홀로 걷는 짝 없는 사나이의 외로움인가

2021. 3. 25.

피라미에게 보내는 편지

봄빛이 들길을 따라
아지랑이 되어
종종걸음을 칠 때
따뜻하게 데워진
모래밭은 참새들의 목욕탕
오늘 밤엔 누구랑 데이트할는지
몸단장이 한창이고
은 사슬을 꼬듯 사랑의 새끼줄을 꼬듯
어린아이 웃음같이 행복한 냇물 소리
막걸리 한잔에 강 나룻배에서 불러주는
정선 아리랑보다
더 마음에 사금을 깨는
개구리의 사랑가 타령은
언제쯤 들을 수 있을까?
짙어가는 냇가에
피라미 한 마리
열심히 운동 중이다
올해는 얼른 커 어른이 되겠다고?
그래 눈치 빠르게 살아
시냇물에 주인이 되어
행복하게 살렴

세상을 좀 더 살다 보면
좋은 일 안 좋은 일 많은데
삶의 노련함으로 이겨내고
세상의 가르침대로 살면
수복강녕 할 수 있어

2021. 3. 26.

무심한 세월

청춘의 봄날은
눈물 깊이만큼 의미 있고
한나절 봄빛은 사랑만큼 깊다네
나무 한 짐 하고
산마루에 지게 받치고
편안하게 쉬는 숨은
가슴속까지 시원하고
땀난 몸에 살랑이는 봄바람은
연애편지만큼 기분 좋게 하네
햇살에 그을린
진달래 불그레한 얼굴에 수심이 가득하고
아쉬워하고 인정 없이 뒤돌아봄 없이
무작정 가기만 하는 세월에 팔소매를 잡고서
하소연해보지만 대답은 없고
꽃나무 밑 개미는 떨어진 꽃잎 물고
부지런히 살림살이 챙기기 바쁘네

2021. 3. 26.

꽃피는 아침

품이 그리워
간밤엔 이슬이
꽃잎 품에 자고 가고
촉촉이 젖은
꽃잎에 향기가 나를 찾을 때
벌써 벌 나비는 아침도 굶은 채
줄을 서 그 웅성거림에 궁금해
꽃망울이 열리는구나
먼 산을 바라보니
꽃구름이 뭉게뭉게 피어나고
산허리 얼싸안은 안개는
밝아오는 햇살에
부끄러워 은근슬쩍
산꼭대기로 올라서고
오늘은 두 눈 살포시 감고
꽃구름 타고 그대 손잡고
산천유람 한번 해볼까 싶으이

2021. 3. 27.

산 위에 올라

개 두 마리 앞세워
산길을 오른다
오솔길 따라 분홍빛깔 진달래도 피고
아기 병아리 같은
노란 생강꽃도 피었네
흐르는 땀 닦아가며
산마루 올라서니
인생길 같은 강은
굽이굽이 흐르고
강 따라 쭉 늘어선
벚꽃 나무는 구름을 탄 듯 말을 탄 듯
뭉게뭉게 피어나
어디가 끝인지 모르겠고
봄나들이 즐기는 차들만 오락가락하네
산 밑에 앉아 있는 동네 집들은
참새 둥지만 하네
사람들의 욕심만큼 잘 다듬어진 들판엔
농부의 꿈이 커가듯
하루하루 푸름은 더해가고
산 오른 나는 생각이 깊어진다

2021. 3. 27.

봄비 오는 오후

봄비가 온다
창공을 부지런히 오가던
날 짐승들의 발자국 소리도 없고
그저 낙숫물 소리만 들리네
달리다 멈추어 선 기차처럼
할 일 못 하고
딱 멈추어 서니
무얼 할까,
무엇을 해볼까
바둑돌 헤아리듯
공상만 하네

2021. 3. 27.

보빈이에게 쓰는 편지

내가 너를 처음 만나
고운 인연 줄 엮었네
하루하루 더하다 보니
참새 설 두 번 지나고
오늘이 보빈이 너 두돌 되는 날이네
아침에 네 엄마가 끓어 준 미역국처럼
미끈하고 준수한 인생 살렴
네 웃는 웃음에
할비 할미 사랑 바리바리 싣고
네 앞일 잘되라고
빌고 빌어
그 기운 땅이 가득 차고 넘쳐
그 복이 하늘에 이르길 기도한다
보빈상
만사형통하시라
건강과 행복이
언제나 너와 함께하길
기도하고 또 기원할게
보빈이 파이팅

2021. 3. 27.

태수에게 쓰는 편지(재희)

태수야
너를 처음 대하는 날
할비, 할미는 만우절인 줄 알았어
모두가 예상한 날
약속의 그 날을 한참 남겨두고
조금 더 빨리 세상을 구제하겠다고
나온 너이기에 기대가 크다
세상 이치를
하나, 둘 병아리 알에서 깨듯
깨쳐가는 너를 바라보면
신통함이 가득하고
어설픈 한국말에 웃음이 나지만
귀여워
할비, 할미는 네가 많이 보고파진다
세상 모든 물건 다 버려도
건강과 행복 두 물건은
한 손에 한 가지씩 꼭 가지고
평생을 살아라
태수야
할비, 할미는 이 세상 두 바퀴
돌아온 장한 너를

너무너무 사랑한단다
태수 파이팅

2021. 5. 27.

준희에게 보내는 편지

준희야
너와의 만남은 처음이어서
설렘과 어리둥절이 반반
할비, 할미가 된다는 것이
실감이 안 갔어
우린 참 좋은 인연이야
네가 하는 행동은 놀라움이었고
네가 어쩌다 하는 말은 용비어천가였어
너 미소 짓는 보조개에
할비, 할미는 기쁨으로 푹 빠지고
영특한 너 재치에
우린 네가 친구인 줄 알았다
똑똑해서
할비, 할미가 간절히 가지고 싶었던 것을
네가 그 보물을 가지고 세상에 왔더라
넌 참 효손이다, 난 만족한다
앞으로 다가올 세상살이 별거 없다
편안하게 살아
이 세상 제일 큰 보물은
건강과 행복이란다
다른 것 다 버려도

이 물건만 가지고 있으면
세상 알짜배기 다 가진 거야
우리 인연 살아서도
죽어서도 영원한 인연이야
할비, 할미는 네가 자랑스러워
사랑한다 손자야
우리 준희 파이팅

2020. 12. 11.

매화꽃

꽃잎이 진 자리
열매가 맺듯
오늘 맺은 약속에
꿈이 영글었네
보고 또 봐도 이쁜 꽃
벌 나비가 불러주는
사랑가에
마음이 열리고
하늘도 열리는구나
이 계절이 지나면
꿈은 더 확실해 지고
정열의 태양의 계절 지나
열정의 소낙비 더해지면
비로소 너의 고운 자태는
네 뺨이 불그레 미소 짓겠지

2021. 3. 30.

황사 짙은 봄날

꾸물꾸물한 하늘아
이도 저도 아니면
땅에 핀 꽃이야
지든 말든
비나 한번 신나게 내렸으면 좋겠다
뿌연 황사 다 걷히면
내 님 잘 보이려나
새싹 크는 소리에
개 짖는 소리 들리고
만물이 생동하는 모습이
춘추전국시대 전쟁터 같다
이런 날 촌로도 괭이 들고
나의 영토로 나아가
용감한 명장이 되어
조자룡이 칼 쓰듯
힘차게 괭이 한번 휘둘러 봐야겠다

2021. 3. 30.

나에게 보내는 편지

안녕
하나 더하기 둘은 셋이 되듯
오늘 더하기 내일이 되니
시간의 흐름은 가속도가 붙어
어지러워
와 이리 바쁜지
조금 더 천천히 살려고 하는데
세월의 재촉에 발걸음이 빨라지누나
뭘 할까, 우왕좌왕
개미처럼 열심히 움직여보지만
나이 탓인가
느린 동작 탓인가
일 효율은 마음만큼 이루어지질 않네
비워야지, 포기해야지, 하면서도
비워지지 않는 청춘의 열기가
아직도 마음에 정열로 남아
삶의 진한 흔적을 남기나 보다
일을 오래 할 수 있다는 것은
재미가 있으니 하는 것
요것조것 한 해를 들판에 그림을 그려가면
재미가 쏠쏠해

그대도 삶의 놀이터 오늘이라는 도화지 위에

시간이란 붓으로 가장 그리고 싶은 그림 그려 보시구려

놀고 허송으로 보낸 자리 흔적 없고

열심히 일하고 저축한 자리 흔적 있으니

게으른 척 노는 척해본들

본성은 어쩔 수가 없네

그대도 마음 편안하게 오늘 하루도

본성대로 재미있게 사시구려

2021. 3. 31.

삶의 의미

세월이 가는 발자국 따라
여기까지 왔네
삶이 너무 바빠
무작정 시간 따라 흘러온 세월
한 해 두 해 굴비 엮듯
어느덧 육십 하고도 한 번을 더하니
일 갑자를 돌았네
지나온 길 돌아보니
명경같이 밝고
육십 한번을 연습해도
다가올 앞날은 굴뚝 속이네
어찌해야 할까
어이해야 할까
망설여 본들 대답 없다
삶의 인생이란 보따리를 둘러메고
급류가 흐르는 계곡 따라
변화무상한 파고를 따라
떠내려가는 것
생존하려면 그때 그 순간 정신과 몸을 집중시켜
부딪히지 않게 전복당하지 않게
힘차게 노 젓는 길밖에 없다네

우리가 목적지에 도착할 때까지
삶의 긴 여정 끝까지 노력하는 것이
삶의 목적이네

2021. 4. 1.

오늘의 희망

햇살 좋은 날
물 만난 고기 되어
오늘이란 바다에 풍덩 빠져
하고 싶은 일 하며
즐겁게 개헤엄이라도 쳐보자
혹시 아나
내가 원하던 것 하나 딱 걸릴지
하하하
속고 사는 인생
오늘도 희망이라는 패에
하루를 건다
오늘도 좋은 시간 기원합니다.

2021. 4. 2.

선사의 일기

기찻길에 열차 안 다니면
철길 녹슬 듯
우리네 삶도 부지런히 일하지 않으면
빈손이라지
건강이 허락하는 한
열심히 해봐야겠지
구름 사이로 비추는
아침 햇살이 참 곱다
집 앞 은행나무 새싹이
봄기운에 한창 물이 오르고
가지에 앉은 비둘기 한 마리
실직을 해 실업자가 되었는지
다방 문을 안 열어
기다리고 있는지 모르겠다
아무튼 우리는 직장이 있으니
일터로 나아가 재미있게 일해보세
웃으면 복이 온다고 했다
오늘 하루도 신명 나게

2021. 4. 2.

독백

달도 별도 없는 밤하늘
오늘은 찬란한 별빛을 기대했는데
아쉽다
인적 없는 거리에
가로등만이 말없이 서 있고
어쩌다 지나가는 발자국 의미 없다
한번쯤 그대 마음은 무엇일까
궁금해
그대 창문 두드려 보지만
그대 마음 알 수 없고
어둠 속에 흐르는 강물
그 뜻은 무엇일꼬
한 잔 두 잔 오가는 술잔 속에
수많은 대화 오고 가지만
그대는 내 마음 몰라
홀로 벤치에 앉아
사연 기다리는 어리석은 그대는 바보다

2021. 4. 3.

술 먹고 난 다음 날

싸구려 천국의 유혹에
우정이라는 허울 좋은 명분으로
어둠을 타고 마른 물고에 물 들어가듯
목구멍 속으로 넘어 들면
짜릿한 술기운이
사라져버린 청춘의 열기를 부추긴다
부어라, 마셔라,
얼씨구 좋다, 절씨구 좋다
술의 마술에 마음과 몸도 녹아
허울뿐인 허수아비 빈털터리 되어
시간 속에 술 나방이 되어
광란의 칼춤을 추다
기억 없이 잠속에 녹았다가
새벽닭 울음소리에 깜짝 놀라 일어나 보니
아뿔싸 속아버린 나의 영혼의 허탈함에
속이 쓰려온다
긴 한숨에 허탈한 현실에
후회는 물밀 듯 밀려들고
어디 가 하소연할 곳도 없고
어리석은 나 자신을 오늘도 탓하고
후회하고 참회한다

다시는 싸구려 유혹에 안 넘어가겠다고
맹세해 보지만 이 약속이 희미해질 때면
또다시 속고 마는 나의 어리석은 마음
어찌할까, 어이 해야 할까
다시 한번 더 맹세해 보는
술 먹고 난 다음 날의 슬픈 나의 일기야

2021. 4. 3.

봄나들이

아침 햇살이 참 곱다

철 지난 꽃잎은

봄바람을 타고

나비 마실가듯

살랑살랑 춤추며 날아가고

들판엔 부지런한 왜가리 한 마리

아침 찬거리 구한다고

두리번거리다가

잽싸게 낚아놓고

감사 기도를 드리네

산은 푸름을 더해

그 기운이

전쟁터 기마병이 출전을 기다리듯

지르는 함성 소리 더 높다

이런 날 모든 일 뒤로 미루고

피리미 잔치하는

실개천을 찾아

그대와 손잡고

봄나들이 가고 싶어라

2021. 4. 7.

그리운 사람

송홧가루 온 산을 덮을 때
시원한 나뭇가지에서
부채질하던 바람
보리밭 사이로 종달새 왔다 갔다 하면
솜씨 좋은 모습으로
풀잎피리를 분다
오월이면 생각나는 사람
보고 싶다
사랑이란 이름으로
모든 것을 이해한 사람
눈 감고 생각하니
눈물이 난다
올해는 함박꽃 심어
그대 웃는 모습처럼
활짝 꽃 피울 날
손꼽아 헤어 보네

2021. 4. 12.

빗소리

문을 닫고 방에 누워
잠을 청해 보지만
잠은 안 오고
잡생각만 가득하네
천장에 떨어지는
빗소리를 듣는다
무슨 말을 하는지
참다못해
문을 열고 나와
하늘을 보니
그 짙은 속 알 수가 없고
갈 곳 없어 우산을 들고
들길을 걸으니
비 맞은 꽃잎이 무거워
하나둘 땅 위에 글씨를 새기고
빗물은 꽃잎을 지나
바쁜 듯이 제 갈 길로 가네
뭔가 말이라도
한마디 해주고 떠나지
난 기다리는데

2021. 4. 12.

꽃샘추위

작년에 늦었던 출발
후회하며 겨우내 힘 길러
올해는 일찍 출발했더니
봄 햇살 긴 따뜻한 날
멀리하고 어디서 왔는지
꽃샘추위에
내 꽃잎은 얼음이 되고
아무 일 없다고
속삭이는 태양의 입김에
눈물 되어 쏟아지는 꽃잎이여
내 서러운 맘 어디가 하소연할까
또다시 일 년을 기다려야 하는
잎새의 마음은 자식 잃은 어미 마음이겠지
추위야 다음에 또 올 일 있거들랑
이쁜 꽃잎에 자지 말고 품 편안한
풀잎에 자고 가거라

2021. 4. 14.

까치

햇살 가득가득
넘치는 아침
봄바람은 살랑살랑
나는듯한 춤사위로
나뭇잎을 흔들고
기분 좋은 까치는
짝이라도 만날는지
흥겨운 노랫소리로
여기저기 인사 소리 더 높다
까치가 찾아들면
반가운 손님이 오신다고 했는데
먼 기억 속에 있는
그분이 혹시 오늘 오시려나
은근히 마술을 걸어보네

2021. 4. 14.

인연

라일락 꽃향기가
떡에 고물 묻듯
어둠에 묻혀오던
오월 어느 날 밤에
초승달은 제 갈 길 바쁘다고
서산마루 넘어서면
깜깜한 밤하늘에
별들의 형제들 우애 좋게
노들 돌을 놓는다
은하수 강가에
오작교 다리 아래서
밀회를 즐기는 님아
참 좋겠다
인적 드문 가로등이
인연의 돌로
하나, 둘 이어져 길을 만들면
내 님도 가로등
징검다리 살며시 지르밟고
내게로 오실까
밤은 자꾸 깊어가는데

2021. 4. 14.

등산

등산을 간다
모두 다 어디서 왔는지
이름만 듣고 왔다
통솔자도 없는데
산으로 난 길 따라 뱀 기어가듯
일사불란하게 움직인다
모두 다 무슨 생각을 하며
헉헉거리며
오르는 걸까
가다가 지쳐
옆길로 나서면
시원한 바람이
등짝을 쓸어주면
그 기운 개운함에
힘든 길 마다하지 않나 보다
바위 틈새에
천 년을 지키고 선
소나무를 보면
힘든 삶의 승리가
얼마나 값진 것인지를…

2021. 4. 17.

봄날의 꿈

실록의 계절
오월의 문앞에 선
푸른 봄날의 청춘은
사내대장부 같은 기운이 넘치고
따사한 황금빛 햇살은
18세 소녀가
쏟아내는 사랑의 열정같이
감미롭다
이 좋은 봄날에
그대 손을 잡고
그대는 나비 되고
난 벌이 되어
봄꽃 동산에 나풀나풀 날아
꽃향기 달콤한 꽃잎 사이로
술래잡기 숨바꼭질하며
동심의 세상에서
멋지게 살고 싶어라

2021. 4. 20.

님 생각

심장이 뛰더라
너 온다는 소식에
어둠은 그리움 만큼 짙어져
앞도 보이지 않고
행여나 걸려 올까 봐
전화기만 연신 바라보지만
님 소식 없고
눈치 없는 생각만
오락가락하는데
시계는 자정 고개를 넘어서네
서운한 마음에
베개 베고 돌아누워 보지만
님은 오늘도 아니 오고
잠도 안 온다
몰아 쉬는 한숨에
자꾸만 작아져만 가는
내 모습이 밉다

2021. 4. 21.

신세타령

어쩌다 인연이란 걸 만나
정이란 것이
번민을 낳으니
내 삶이 혼란스럽다
언제쯤 어느 거리에서
기쁨을 만나
행복해 질까
까닭없는 눈물이
촛불처럼
이 밤을 지킨다

2021. 4. 22.

인생

매일 매일 반복되는 일상에
감정은 무뎌져 가고
고마웠던 날들이
감흥 없는 연극이 될 때
무작정 산으로 오른다
땀이 흐르고 숨이 차
아무런 생각이 없을 때까지
오르다 보면
돌도 보이고
나무도 보이고
꽃들도 보인다
산꼭대기 올라가
인간들이 대를 거쳐 가며
만든 탐욕들이
시시해 보인다
나무 위 까치집보다
작은 알록달록한 집들
비로소 욕심은 작아지고
마음의 평수는 넓어지니
헛고생은 없네
삶 그것

아무것도 아니네
시간의 강에
마음의 노들 돌을
하나씩 하나씩
놓아가면 되는
구속 없는 이야기인걸
쉽게 단순하게 그냥 그대로 살자
기약 없는 미련 의미 없다

2021. 4. 22.

고독

송화 꽃가루가

내 작은 창에

뜻 모를 그림을 그리던 날

한창 열 올려야 할 태양은

짙은 구름 속에서

낮잠을 자고

구름은 멍하니 서

내려 볼까 말까

기다려 볼까 아니면 갈까

망설이고 있네

구름 마음 닮은 나도

일하러 갈까

님 만나러 갈까

묘수 좋은 님도 보고 뽕도 따는

그런 수는 없을까

나뭇잎 살랑이는

봄바람은 내 마음의 가지도

흔들어 놓는다

마음이 혼란스러운 이런 날엔

화전 한 접시 안주에

그대와 나 술잔을 마주치며

권주가를 노래하고파라

2021. 4. 23.

봄날 아침

아침부터 아카시아꽃 향기가
벌들을 유혹한다
먹고살기 바쁜 벌들
일자리 찾았다고
여기저기서 웅성웅성
장날 장터처럼 활기차고
풀잎 사이로
논물이 차오른 논엔
학 한 마리 여유롭게 논을 맨다
아침 햇살이 풀잎에 맺힌 이슬에게
사랑 고백을 하면
이슬은 영롱한 황금빛 미소로 답하네
이 집 장닭 나 잘났다고 소리치면
건넛집 장닭 나도 있다 하고 답을 하네
모두 모두 어울러 더불어 사는 세상
나도 삶의 잔치판에 어울러
둥실둥실 두둥실 춤이라도 춰야겠네

2021. 4. 27. 화요일

오월의 편지

바람이 전해준 연애편지에
신이 난 나뭇잎 발걸음이 가볍다
오월의 기운 받은 태양은
사랑의 정열만큼
뜨거운 열기를 토하고
솜사탕 모양
뽀송뽀송한 민들레 꽃씨는
가을편지를 쓴다
겨울 기러기떼 떠난
나의 영토엔
어린 봄 씨앗이
행복한 삶을 꿈꾸고
늦은 봄날에 커피콩 볶기 듯
태양에 내 얼굴빛은 까매가고
왔다 갔다 하는 사이
빈자리는 하나, 둘, 메워지네
문득 지나가는 세월을 부여잡고
젊은 날 연인의 안부를 물어보네

2021. 4. 30.

그리움

비가 온다
봄비가 온다
님 떠난 발자국마다
슬픈 이별의 눈물이 고인다
난 아직도 그리움이 많은데
빗방울 수만큼 많은 추억이
가슴 깊숙이 촉촉이 젖어들면
그 서러움에 내 눈물은
봄비가 되고
울음소리는
빗소리가 되네

2021. 5. 1. 토요일

함박꽃

나그네같이
찾아든 손님
어느 날 꽃대가 일어서고
머리에 둥근 모자를 쓰고 나타난 신사
벌, 나비 찾아와
사랑의 입김을 속삭이면
마음의 문을 열고
꽃잎 한 장 두 장을 열어
마음으로 피운 함박꽃이여
고운 빛깔의 이쁜 네 꽃잎을 바라보면
내 아내에게 선물하고 싶다
올해도 보고 싶고
내년에도 네 아름다움을 보고 싶다

2021. 5. 1. 토요일

봄날 아침

아침 햇살이 창을 열면
창 넘어 산마루 끝에
축제의 등을 단 듯
아카시아꽃 주렁주렁 열리고
신바람 난 꿀벌들
발걸음이 요란하다
둥우리에 알 품은 닭은
무엇을 구하는지
동안거 들어간 스님처럼
미동도 없네
나풀나풀 꽃잎을 찾아
이 꽃 저 꽃 옮겨 다니는
하얀 나비는
오늘도 인연을 못 만났나 보다
밭고랑을 사이에 두고 마주 앉은 노부부는
무슨 말을 하는지 손길만 바쁘네
이 좋은 봄날에
내 님은 무얼 하고 계실까

2021. 5. 2.

인생

만물은 태양에게 의지하고
풀잎은 이슬에게 의지하고
벌은 꽃잎에 의지하네
인간의 삶은 무엇에게 의지할까
그것은 희망이라네
희망은 꿈을 가지게 하고
꿈은 용기를 주지
만물이 공기, 햇빛, 물에 의존하듯
사람도 건강, 희망, 행복에 의지해
깜깜한 오늘의 삶을 산다
오늘도 희망을 위해 살고
내일 무슨 일이 있을지 모르니
건강을 지키자

2021. 5. 3.

오월의 밤

창포꽃 그늘이 냇가에 비치면
숲 속 요정들 오동나무를 타고 내려와
보랏빛 나팔을 불면
오동꽃 진한 그 향기는
고요한 달빛을 타고
연인같이 다정히 내 창에 다가서면
그 감미로움에
난 한 마리 나비 되어
풀잎에 맺힌
이슬방울을 타고
사랑하는 그대 손잡고
아기별이 엄마 품에서
행복해하는
별나라로 여행 떠나네
풀숲에서 물 논에서
짝을 찾는 개구리에 연가가
꽃향기 친구삼아
달빛 속으로 걸어가는
뒷모습이 너무 고운
오월의 밤 풍경이
꿈길같이 아름답구나

2021. 5. 4. 화

오동꽃

어제는 종일
비가 내렸다
세상 고민 다 씻어 갈 듯
쉼 없이 내리더니
어두운 밤이 지나고
아침이 오니
햇살은 잘 닦은
그릇처럼 반짝이고
나뭇잎은
기름을 칠한 듯 반들거리네
하늘은 청명하고
지붕 위 참새들 이야기는
더 부드러워졌구나
길가에 선 이팝나무 꽃들은
솜사탕을 들고 선 듯
몽실몽실하고
아카시아 꽃향기는
오동나무 꽃향기로 이어지며
봄날은 가고
여름으로 징검다리를 건너나 보다

2021. 5. 5. 수

남자의 일생

오늘도 태양은
햇살로 세월의
길이를 재고 있다
시간이 갈수록 햇살의 길이는 길어지고
나의 삶의 길이는 짧아지는구나
꽃향기가 삶의 유희를 유혹하고
푸른 실록은 심장을 뛰게 하지만
낡아버린 내 육신은
삐그덕거리며 수리를 요구한다
용기는 위축되고 생각만 깊어지네
지나온 추억에 세월은 짧고
다가올 시련의 세월이 길게 느껴짐은
나만의 틀린 셈법일까
싹이 자라나 꽃이 피고
열매 맺어 낙엽 지듯이
내 인생도 단풍잎 물들려 하니
지난 세월이 밉다
오늘은 조용히 두 눈 감고
남자의 일생을 감상해보네

2021. 5. 6. 목

삶의 고민

오월의 아침 햇살이
농우 몰고
들일 가는 농부모양
나를 재촉하고
활짝 핀 붉은 장미꽃은
은은한 꽃향기로
가는 세월을 아쉬워하네
나뭇잎 사이로
살짝 숨겨진 참새 둥지엔
다섯 마리 참새 새끼가
아침부터 배고프다고
농성을 하고
보랏빛 엉겅퀴 꽃나무에는
먹을 것을 찾겠다고
개미가 긴 줄타기를 하네
여기나, 저기나, 사는 삶
참 힘드나 보다

2021. 5. 8.

차 한잔

꽃향기는 물결 흐르듯 흐르고
나비는 춤을 추며
아름다운 움직임으로
꽃들을 유혹하듯
나풀나풀거리고
물 잡아 놓은 논엔
개구리 몇 마리
수영을 즐기네
먼 곳에서 낯선 손님이 왔는지
개 짓는 소리 요란하고
바쁜 일 끝내고
멍하니 앉아
차 한잔을 두고
한 모금 한 모금 마실 때마다
사라지는 차 김은
역동적으로 움직이던
청춘 어느 날들의 이야기가
미소로 답하네

2021. 5. 10.

이별

사랑이 길다 한들
이별의 아픔만큼 클 수가 있나
사랑이 진하다고 하나
이별의 고통만큼 진할 수가 있나
그대가 한 달콤한 말만 믿다가
장님이 되어
헛다리 짚은 내 모습이 우습구나
하하하 우습구나
옛말에 엄마 말씀이 여자 말 믿지 말라 했는데
어쩌다가 사랑에 마주쳐
울지도 웃지도 못할
이별의 내 신세야
오늘은 아무도 몰래
밤에만 소리내어 우는
소쩍새 따라
나도 목놓아 울고 싶어라

2021. 5. 10

절연

이별이란 딱지를 받고 보니
별것 아니라 생각했는데
군대 소집 영장같이
생각을 깊게 하네
홀로 앉아 조용히
지난날들을 하나, 둘, 셋 복기해 보면
잘한 일, 못한 일, 아쉬웠던 일들이 깨알처럼
쏟아지지만 이젠 담을 그릇이 없네
추억 속으로 사라진 일들이 나타났다
사라졌다 수도 없이 반복해
긴 한숨으로 연신 쉬어보지만
어디가 문제이고 무엇이 답인지
모르겠네
지나온 세월만큼 다가온 세월을 보내면
마음의 큰 상처는
이별의 추억으로 아물겠지
세월이 약이라 했는데
나도 그 명약에 이 아픔이 치료될지 모르겠네
안 좋은 기억에는 망각이 제일인데
망각의 모순은?
인연을 끝내는 길은

묘수는?

무연이라는 명약이 있었네

2021. 5. 12.

인연을 기다리며

꽃잎이 진다
간밤에 불어본 바람 때문에
사랑이 진다
이별의 아픔 때문에
단풍잎처럼 물들어 간다
사랑했던 추억이
다시 마주한 현실이
회자정리란 등불을 준다
그 등불을 들고
오늘은 새로운 인연을 기다린다

2021. 5. 12.

봄비

늦은 봄비가 이슬비 되어
떨어지는 꽃잎에
눈물인 양 소리 없이 흐느끼고
집 없는 참새 날개 깃이 젖어있구나
무엇 때문인지 개구리는 내리는 비를 맞으며
저렇게 풀 섶을 왔다 갔다 하는 걸까
이런 날이면 영화가 끝난 마지막 장면처럼
달리다 딱 멈추어 서버린 기차처럼
삶이 약간 혼란스럽다
내 삶이 멈추어 선다 싶을 때
기분이 우울할 때
봄비를 맞으며 꽃모종이라도 심어
희망이라는 간판이라도
걸어봐야겠다

2021. 5. 15.

늦은 봄날

비 온 숲 속에서
뻐꾸기는 날 보자고
내 이름을 부르고
꽃잎 진 아카시아는
뻔한 수법으로
벌 나비를 유혹하지만
대답이 없네
비 젖은 장닭은 잘났다고
목소리 높인 듯
초라하기 그지없고
이런 날 파전에 막걸리 한잔하며
그대와 함께 세상을 이야기하고파

2021. 5. 15.

그대 향한 마음

오월의 오동꽃 향기가
밤 마실을 나설 때
하늘의 젊은 청춘 별들의
예쁜 속삭임은 시작되고
주고받는 사랑의 눈길은
보석이 되어
반짝이네
달빛은 꽃향기를 타고 신선놀음을 할 때
흥에 겨운지 고독에 눈물을 즐기고 싶은지
알 수 없는 표정이네
이럴 때 사랑하고픈 그대와 함께 술 한잔을 먹고 싶다
이 밤이 지새도록 그대와 나의 마음을 하나 한 조각씩 맞추어
동이 틀 때까지 맞추어 보면
나는 뱃사공이 되고 그대는 나의 연인이 되어
세월이 가든 말든 시간이 멈추어서든 말든
세월과 그대 그리고 내가 한마음이 되어
이 세상 끝까지 함께해보고 싶어라

2021. 5. 15.

이별 후 님 생각

어둠이 어둑어둑한 저녁 하늘에
약속이나 한 듯
삼삼오오 구름이 모여들더니
하나둘 빗방울이 되어 뛰어내리기 시작하더니
이젠 무작정 쏟아진다
어둠이 꽉 차 더 찰 것도 없을 것 같은 대지에
찬비가
가슴 후벼 파는 보고픔에 눈물이 되어
땅에 고이고
내 님 떠난 아픈 자리에도 빗물이 고이면
이별의 아픔 상처가 돋는다
외로움의 흐느낌으로 여명이 밝아오고
거미줄엔 이슬 모양 물방울이 맺힌다
저 거미도 나와 같이
떠나간 님 생각에
이 한밤을 다 지새웠나 보다
비 오는 이른 아침에 까치가 짹짹인다
혹시나 하고
살짝 기대해본다

2021. 5. 16.

내 인생은 오리무중(성은이의 삶을 보며)

아무런 생각 없이
시간이 흘러도 약속한 해는 뜨고
달은 말없이 지고 말지만
그 속에 수많은 생존에 이야기가
명주실같이 가는 삶의 이야기이기에
삶이 힘들더라
만물이 음양의 조화이기에
한때는 이렇게 한때는 저렇게
쏠림은 있다
인내와 고통 환희와 갈등
수많은 대화가 삶이 지나간 자국
긴 한숨에 소주 한 잔으로
녹여보는 이야기
없는 민초들의 일생이라서
인생 변명의 넋두리를 세월에 반죽해
한층 한층 쌓아보지만
대나무 크듯 쑥쑥 자라지 않고
분재나무 자라듯 더디기만 하네
이 한밤을 지새우며
삶을 궁리해보지만
묘수는 없고

물 한 방울로 시작한 일이
강이 되듯이
이번 생도
무수한 시간이 흘러야
말하고픈 인생이 되려나
물어보고픈 나의 인생아
너의 삶은 어디가 처음이고 어디가 끝이니
살고 살아봐도 내가 주는 의미가 무엇인지
내가 무얼 찾는지 아직도 오리무중이구나

2021. 5. 17.

고달픈 인생아 (용화의 삶을 보며)

이슬비가 온다
아마도 밤새도록 혼자서 울었나 보다
소리도 없이 외로운 고독처럼 죽어가도
아무런 아우성도 없다
커피향 진한
차 한잔을 두고
나와 나의 상념들이
씨름을 할 때
결론 없는 대답에
긴 한숨이 나온다
반복해도 또 반복해봐도
끝을 알 수 없기에
희망은 안개 속에 헤매고
부질없는 시간만 후다닥 지나가네
어이할까 어찌할까
갈등 속에 의미 없이 하루는 가고
오늘 숙제 풀기도 전에 내일과 인연 맺은 인생은
또 다른 숙제를 요구한다
시간에 쫓겨 일에 부대껴
물에 빠진 생쥐마냥
허우적거리며

정신없이 사는 것이
인생인지 전쟁인지 삶의 숙명인지
나는 몰라라
오늘도 삶이란 늪에서 허우적거리는 인생들아
모든 걸 내려놓고 원점에 서서 다시 한 번 인생 줄을 더듬어
보면 어떠한지

2021. 5. 18.

농번기

구름 한 점 없는 창공
오월의 젊은 태양은
거침이 없고
숲 짙은 청산에서
뻐꾸기 피리 소리
띄엄띄엄
빈 하늘을 가른다
잘 다듬어진 밭고랑에
밀짚모자 쓴 농부의 손길도
바삐 움직이는구나
꿀벌 떠난 아카시아 나무에
작은 꼬투리가 맺히고
바둑 밭에 돌 놓듯
빈 들에 하나, 둘 메꾸어지며
농사대국은 시작되는구나
차 한잔에 세상 풍경
구경하던 백수도
세상놀이 한판에
끼어들어 괭이라도 매고
한번 나서봐야겠네

2021. 5. 19.

이별의 상처

유리창에 빗방울이
눈물 자국 되어 흐르고
사랑의 이별곡이
멜로디를 타고
차분히 내 마음의 강으로
흘러들면
애써 감추어둔 아픔이
가슴 먹먹하게 한다
두 눈을 감아봐도
한숨을 쉬어봐도
되돌릴 수 없는 일이기에
이렇게 속만 타네
새봄이면 꽃은 다시 곱게 피지만
이네 사랑의 이별은
계절이 또다시 돌아와도
멍든 상처만
아픔으로 돌아오네

2021. 5. 20.

인연

오월의 꽃향기
가지 못하게
늦은 봄비가
잊을 만하면
잊지 못하게 자주 오네
비 피하려
처마 밑으로 날개 접고
우연히 모여든
참새 두 마리
몇 번 대화가 오가더니
천생연분을 만났는지
정분이 났는지
입맞춤이 요란하다
이렇게 세상의 인연은
맺어지고
이 사랑에
인연줄이 세상살이
힘줄이 되어
힘든 세상
버텨주나 보다

2021. 5. 20.

채소밭에서

흰 꽃에 보라 무늬
이쁜 열무꽃이 피었네요
나풀나풀 흰나비
이 꽃에 앉았다
저 꽃이 시샘할까 봐
저 꽃에 앉았다
벌이 찾아드니
양보하네요
내일은 토요일
손자가 온다고
상추도 뜯고
아욱도 베고
채소도 뽑아봅니다.
밭고랑에 앉아
이일 저일 생각하니
얼굴에 행복한 미소가 절로 나네요

2021. 5. 21.

술의 유혹

잘살아 보겠다고
남들처럼 살아보겠다고
힘닿는 대로 일했네
힘에 부대껴
인내의 한계에 도달해
너무 힘들어
술친구를 만났네
쓴 술 한잔에
내 인생 서러워
너도 한 잔 나도 한 잔
내 고민이 반쯤 해결되고
내 마음에 여유가 생길 쯤
내일은 잊혀지고
무한대로 달리고 싶다
이 세상을 떠나
번민이 없는 세상으로
지금 이 순간 너를 믿지만
내일 아침이면
달콤한 너의 유혹에
고통의 괴로움에 슬퍼한다
또 속을 줄 알면서

고통에 괴로워할 줄 알면서
너와 동업한 한심한
내 모습 초라하기 그지없네
나는 무엇이며 삶은 무엇인가
이 외로움은 뭐지
언제나 불쌍한 나의 인생아
너의 행복은 어디에 있니

2021. 5. 22.

만남

오월 어느 날 오후
이슬비는 바람결이 스치듯
사부작사부작
길 떠나는 여인의 눈물 모양
소리 없이 내리고
어두운 형광등 불빛 아래서
김이 나는 차 한잔을 사이에 두고
웃는 하얀 미소를 보았네
깨알같이 쏟아지는
이야기 속에 웃음도 있고
행복도 있다
잠자리에 누워
두 눈 감으니
너 얼굴이 내 마음을 가득 채우니
이것은 무슨 조화인가
벌써 내일이 기다려짐은
그 이유가 무엇일까

2021. 5. 26.

모내기 풍경

못줄 넘어가는 소리
주고받는 이야기 속에 웃음소리
너와 내가 하나가 되는 화음소리
걸쭉한 막걸리 내음에
고된 허리 달래주는
한 맺힌 노랫가락 대신
몇 번 왔다 갔다 하는
기계 동작에 신병교육대 군기든 신병들처럼
줄 바르게 선 모가 나란히 열병을 한다
편리함에 어디서부터인지
몰라도 하나씩 하나씩
잃어버리는 것도 있구나
저 들판을 바라보니
나도 그저 세상 속의
기계의 한 부속품처럼 느껴지는구나

2021. 5. 27.

오늘의 각오

아침 햇살은 시간을 재촉하고
꽃잎은 벌 나비를 재촉하네
오늘 해야 할 일은
내 마음을 재촉하고
마음은 심장을 더 빨리 뛰게 하고
심장은 의욕을 자극하네
꽃잎이 씨앗을 준비해
새 봄날을 기다리듯이
나 역시 들로 나가
겨우살이 준비를 해야겠네
모든 사물엔 때가 있어
그 시간을 놓치면 돌아올 수 없기에
때 맞추는 법을
생존의 법칙으로
세상은 가르쳐 왔나 보다
오늘의 힘듦이
내일의 행복이니
희망을 가지고
좋은 기분으로 일하세

2021. 5. 28.

환갑 즈음에

한 나그네가 있네
가던 길 머뭇머뭇
잊은 것이 있는지
갈 길이 헷갈렸는지
석양빛은 서산마루로 올라서
황혼 빛깔 짙어지는데
인생의 꿈 청춘을
어디 둔지 몰라
이리저리 찾았나 보다
인생 육십을 넘긴 나이라
해 온 일 하고픈 일
수도 없이 많았겠지만
모든 것 다 버리고
이제부터는
꼭 해야 할 일만 해야겠다

2021. 5. 28.

인생살이

인생의 삶은 생과 사의 수 싸움
너의 장군 소리에
나의 멍군의 응수
살 묘수를 궁리하면
외통수의 필살 무기로
응수하는 곳
미꾸라지처럼 아무 일 없이
매끄럽게 잘 빠져 나아가는 인생의 묘미에
우린 환희한다
어쩌다 궁지에 몰리면
온갖 지혜를 다 동원해
빠져나오는 묘미에 희열을 느끼는
오욕칠정이 벌이는
처절한 승부에 희로애락을 느낀다
이 한 편의 드라마에 끝은
용이 되어 승천하는 것이 아니라
한 방울의 물이 강이 되었다 이슬이 되는 멜로물
아! 하고 지금 나는 어디쯤 서 있는 걸까
나의 창과 방패는 잘 연마되어 있는지
모든 게 궁금하네

2021. 5. 28.

휴일날

이른 아침
전깃줄 참새 한 마리
몸단장이 한창이네
교회를 갈까?
님 만나러 갈까?
휴일이라 오늘은 일하지 않고
쉴 모양이네
나는 어쩔까?
나도 놀아
아니야
좋은 노랫가락
감상 한 번 하고
오늘 할 일
즐거운 마음으로
해야겠다
먹고, 쉬고, 즐긴 자리
표시 없지만
노력하고 일한 자리 보람으로 남지
참새야
난 너 안 부럽다
왜냐면 내겐 희망이 있으니
미소가 난다

2021. 5. 30.

행복

강물이 세월처럼
흐르는 강둑에서
두 눈 감고
너와 마주한
입맞춤은
사랑한다는
진실의 마음이었기에
그대가 내 마음을 다 채우고
행복도 다 채우네
행복은 마음에서
피는 꽃
난 그 꽃을
항상 꽃병에 꽂아두고
매일 매일
보고 싶어라

2021. 5. 30.

님 생각

새벽 별이 자리를 비운
하늘에
구름이 짙어져
어둠이 가기도 전에
피아노를 치듯
술독에 술이 익듯
토닥토닥
지붕에 내리네
흐린 유리창 너머로
먼 곳에 있는 님
얼굴 떠오르네
비 오는 날
내 님은 무슨 생각하며
무얼 하고 계실까
때 이른 천둥 번개가
지축을 울리니
님 걱정에 불안한 마음
안절부절이네
만사 제쳐놓고
오늘은 내 님 만나
손 한번 잡아봐야겠네

2021. 5. 31.

세상살이 멋

아침 해는
대암산 마루를 올라서고
태양은 시간을 농우 몰고
들로 가는 농부처럼
나의 창가에서 나를 재촉하고
피곤한 몸은 잠에서 깼으나
어제 장가간 돌쇠 모양
방바닥이랑 한 몸일세
벌, 나비가 오월의 세상에 주인이 되어
꽃을 피웠듯이
아마도 이 계절의 주인은
나인가 보다
논에는 벼를 심어
개구리 놀이터도 만들고
밭에는 콩도 심고
깨도 심어
나뭇가지에서 망보는
비둘기 간식거리도 주며
상생하며 공존하는 것이
세상살이 멋이지

2021. 6. 2.

불면증 치료

어둠은 빈 잔에 술 채우듯
빈자리 없이
하늘의 달빛 별빛마저
가려버리고
오라는 잠은 오지 않고
두 눈은 차 깜빡이 깜박이듯 하고
도둑질하다 들킨 심장처럼
호흡은 빨라지고
불안 그리고 초조함이
이 밤을 친구 하자 그러네
그래!
이럴 때 비방은 명상이다
가부좌를 틀고
허리를 꼿꼿이 세우고
두 눈을 감고
긴 한숨을 한번 쉬고
호흡을 천천히 길게
그리고 가늘게 쉰다
차츰차츰 호흡을 줄여가면
어느새 가슴속에서부터
뭔가 차오르기 시작해

마음이 평온해진다
욕심은 없어지고
만족이 가득 차면
불면의 밤은 숙면의 밤으로
바뀌는구나

2021. 6. 3.

저녁 운동

단풍잎같이
고운 황혼의 빛깔 좋은 저녁노을이
강물에 풍 빠져 목욕을 하고
저녁 먹고 마실 나온 사람들
삼삼오오 무리 지어
개미 줄지어
장에 가듯이 가고
앞동산엔 둥근 달이
환한 얼굴로 안부를 묻네
신선한 초여름 바람이
산들산들 불어주니
발걸음은 사푼사푼
나비 날갯짓하듯
가볍구나
속닥속닥 속삭이는
사람들 이야기 속에
무사히 하루 일을 끝낸
사람들의 행복이
묻어나네

2021. 6. 3.

출근하는 그녀에게

안녕, 잘 자고 일어났니
오늘의 하늘을 보니
할 말이 많은듯한데
그 속마음을
알 수 없고
반가운 손님이 오려나
까치 소리 요란하다
나도 기분에 들떠
몸단장하고
길 나서고 싶으나
해야 할 일이 있기에
즐거운 마음으로
하기 싫은,
그렇지만 꼭 해야 할
숙제를 해야겠지
어쩔 것이여
도망가고 싶지만
피할 수 없다면
죽더라도
당당히
강한 척하며

맞서는 것이
사나이의 길이기에
오늘도 센 척해보려고
그대도 오늘 하루
예쁜 모습으로
기분 좋은 하루 보내시구려
출근하는 그녀에게

2021. 6. 3.

편지

새벽 별의 유혹에
마당에 나와서
하늘을 바라보니
사연 많은 북두칠성이
큰 눈으로 날 바라보고
불빛 희미한 먼 곳인가에
보고픈 님 찾아 왔는지
개 짓는 소리 바쁘네
나도 새벽이슬에
편지 써
님 기다리는
내 소식 전해볼까

2021. 6. 6.

늙음

달빛도 없는 밤하늘에
외로워
소리 없이 우는 눈물이
밤이슬이 되고
먼 길을 홀로 걷는
별 하나
혼자서 이 한밤을
다 지새우나 보다
먼 곳에서 홀로 부르는
장닭의 노랫가락에
의미는 무슨 뜻인고!
이슬 내린 풀숲엔
떠나간 님 그리워
우는 풀벌레야
너는 내 마음 아니
마음만 청춘인
황혼의 노객의 고민을

2021. 6. 6.

님 기다리는 마음

어둠은 빈 그릇에
물 채우듯
하늘과 땅 가득히 채우고
님 기다리는 청춘별은
초저녁부터 반짝이네
모내기 한 논에는
온 동네 이웃 개구리
다 모여
사랑가 타령이 한창이고
들뜬 기분에 나도 조용히
들길을 나서 본다
행여나 내 님 나 보고파
나 찾아오실는지
괜히 기다려지네

2021. 6. 6.

세상사

아침부터 잘살아 보겠다고
세상이 소란스럽다
경운기 밭 가는 소리
요란하고
논에는 모심는 이앙기 소리 요란하고
마늘, 양파밭에는
살아볼 거라고
땡볕에 인간 개미들 기어가는 이야기
나도 세월의 흙탕물에
안 떠내려가려고
논에 모심으러 간다
부지런하지 않으면
코 베어 가는 세상
세상 속에 기어 이빨이 되어
오늘도 열심히 돌아가야겠제
오늘도 힘들겠지만
열심히 살자

2021. 6. 8.

나의 삶

거미줄에 아침 햇살이 걸려

영롱한 아침이슬이 되고

간밤을 함께 나눈 참새 두 마리

나누는 대화가 즐거운 걸 보니

인연이었나 보다

중천에 뜬 흰 구름 하나

소원을 이루기 위해

뜻을 모으는 중이고

어제와 똑같은 시간이

나를 찾아왔지만

내 머릿속은

발전을 위해

어제와는 다른 생각일세

베틀에 베 필 짜듯

시간에 실 꿰어 메고 엮어

행복도 수놓고

사랑도 그려 볼까

오늘의 주인은 나니까

내 마음대로 그려 볼란다

2021. 6. 9.

행복

아침 햇살이 이슬에 젖어
촉촉한 입술로
두 눈 감고 서 있는
나의 얼굴에
입맞춤할 때
오늘도 살아있음에
감사한다
살아있어 뭔가를 할 수 있고
하나라도 더 배울 수 있어 좋네
오늘도 노련한 뱃사공이 되어
시간이란 강물에 에헤라, 데헤라
즐거운 마음으로
노 저어 보세나
살아있음에 기쁨을 즐겨
보세나

2021. 6. 10.

사랑을 시작하는 그대에게 쓰는 편지

지난 사랑의 아픔에
난 눈도 감고
심장도 정지시켜 버렸다
우연히 비가 오던
어느 날 오후
그녀가 그녀가
내게 눈빛 웃음으로
내 심장을 뛰게 했다
또다시 아픈 사랑은 싫은데
자꾸만 끌리는 그대여
나 이대로 그대를
사랑해도 될까요
지난 세월
그 사랑의 아픔 때문에
슬픔이 가득 고인
가슴이기에
사랑은 싫다 했는데
어찌해야 하나
어이할까
그대에게 소용돌이처럼
빨려가는
내 마음을 잡기 위해

안간힘 다 써보지만
이젠 힘이 없어요
어떻게 하나
내 마음 빈껍데기만 남은 나에게
꽉 차버린 그대가 밀물처럼 밀려오는
파도 같은 그대 사랑
그대가 너무 좋아 이렇게
허우적거리는 나인데
만약에 그대가 썰물처럼
혹 빠져 버리면
내 영혼 없는 몸
어떻게 지탱해야 할까요
묻고 싶습니다
진정 묻고 싶습니다
그대 사랑이 참사랑인지를
나를 시험하지 마세요
난 그대 없으면 서리 맞은 초목같이
죽습니다
나를 한때 추억으로 생각하지 말고
영원히 함께할 동반자로 여기시면
그대 마음 내 마음에 드려놓으세요

2021. 6. 11.

그리움

비가 오네
빗방울은 땅속으로 스며들고
너 보고픔은
내 마음속으로 스며드네
모심은 논에
비 맞고 선 백로 한 마리
그도 나와 한마음일까
님도 나와 같이 한마음일까
비는 오는데
어디로 갈까 망설이는
저 산 비둘기가
내 마음일까
난 오늘도 그대를 향해
목이 터져라
나팔을 불어보지만
그대는 묵묵부답
긍정인지 부정인지 나는 몰라라
이젠 그대에게 안녕을 고할까 하네
내 마음 상처 더 깊어지기 전에
그대여 안녕
잘 가시게나

2021. 6. 11.

사기

황금 빛깔 고운
봄 햇살에
살랑살랑 부는
봄바람이 품어 낸 이야기
하늘로 이어지는
무지개 사다리 타는 이야기
청춘과 조건 없이
맞바꾸어 버려도
아깝지 않을
천사의 나팔 소리가 들려준
천상의 이야기에
내 마음 홀딱 빠져버린
사랑 이야기
시간이 벗겨준
사랑의 참모습은 사기였네
가슴 벅찬 설렘
가슴 떨림의 기다림이
사랑인 줄 알았네
몇 밤을 그리움으로 지네다
열병의 가슴앓이로 멀어질까 봐
애간장 녹이던 세상에서

제일 좋았던 네가
가까이 다가온 너의 모습은
사기꾼이었네
내 감정에 내가 속는 거지
현실이 알려준 사랑의 진실은
가질 수는 없고
거저 바라만 볼 수 있는
그림이었네
지난 추억 생각해 보면
희극인데
현실이란 벽 앞에 서면 사랑이라는 것이
삶의 전부라고 생각했던 신념이
망설임으로 바뀌고
에누리 없는 현실이
사랑을 울게하는구나

2021. 6. 11.

아침의 풍경

어두운 밤길을 헤메다
풀잎에서 맺은 약속
산 넘어 아침 햇살이
올랐을 때
사랑하는 그녀의 눈물 같은
이슬방울이
손가락 걸고
하늘에서 구름이 되어
다시 만날 걸 맹세하며
그 떠난 길 따라
아침이 열리고
난 밤새 꿈길이 흘러
끊어진 어제와
새로운 땅
오늘을 이어주는 다리를 놓는다
이 몸이 움직일 하루 에너지를 보충하며
오늘 하루 장사
수입을 가를
삶의 수판을 놓아본다

2021. 6. 12.

견우와 직녀의 사랑

하늘과 땅 사이에
어둠이 꽉 차고
달빛마저 없는 그믐에
뭇별들의 반짝임은
황홀한데
은하수 흐르는 강가에서
견우별 직녀별이
보고픔에 애달파
마주 보며 서 있네
칠월 칠석이 언제인가 하고
손꼽아 기다리며
가는 세월 더 빨리 가라고 부탁해 보고
오는 세월 더 빨리 오라고 손짓해 보지만
그 세월은 황소걸음일세
무수한 잔별들이 하늘 가득히
소곤소곤 속삭이는
이야기를 늘어놓아도
님의 한마디 너만을 사랑해
한 소리만큼 큰 울림이 있을까? 하고
기다리네
그대를 보고파 하네

그대 품에 안기고 싶어 하네
그대가 사랑한다는 그 속삭임을 듣고 싶어 하네
밤은 깊어 서쪽으로 기우는데
오늘 밤도 만날 그 날을 애타게 기다리네

2021. 6. 12.

창고의 아침

달빛 없는 밤하늘에
별빛이 옹기종기 모여앉아
세상을 수묵화를 그리고
숲의 요정들은
꽃향기를 타고
여기저기를 마실 다니며
세상 돌아가는 이야기를 전하고
이슬은 풀잎을 타고 신나게 논다
개구리 나팔 소리에
소프라노 새벽 장닭의
톤 높은 악성이 세상을 깨운다
꿈길에서 만난 좋은 사람들과
다시 만날 걸 약속하며
아쉬운 이별을 하고
마당에 나와보니
신선이 놀다 간 자리인지
새벽공기 상큼하고
몸은 깃털을 단 듯
가볍구나
고요한 새벽
나만이 즐기는 세상

멋지네
여명이 밝아오는 창고의 아침
참 좋구나

2021. 6. 13.

선사의 아침

참새들의 즐거운 노랫소리에
아침은 용트림을 하고
풀잎에서 밤을 지새운
이슬이 잠자리도 걷기도 전에
부지런한 농부는 벌써 논밭에서
일이 한창인데
솔 향기 밤꽃 향기
잘 다니는 길목에
의자 놓고 따끈한 차 한잔을 즐기는
나의 게으름은 무슨 의미인가
똑같은 하루
햇살에 구워내는
삶의 맛의 차이는
어디에 있는지
물음표를 주는
아침의 풍경이다

2021. 6. 13.

인생

아침의 진한 향기로
하루를 시작하면
세상 만물들의
연극이 막을 올린다
욕심으로 시작된
허무맹랑한 이야기가
풍선처럼 부풀어 올랐다가
신기루처럼 한순간에
흔적없이 사라져버리는
허무맹랑한 이야기
수많은 가슴앓이
삶이 고독의 독백으로 흐르는
멜로디
가만히 두 눈 감고 생각해 본다
오늘이란 무대에
무슨 이야기로 연출할까?
유성처럼 혹은 왔다가
흔적만 남기고 떠나는 이별처럼
금방 피었다 지고 마는 꽃잎처럼
찰나에서 순간으로 이동하는
시간의 속임수가 우리가 쓰는
인생의 일기장이더라

2021. 6. 18.

할배와 손자

살아있음은
자유로운 활동을 할 수 있음이요
손자는 자기 마음대로
천방지축이고
할배는 조금이라도
수월하려고
여태껏 살아오면서
터득한 온갖 꼼수로
꼬셔 먹기를 하는데
최신 버전이 아니라서
손자 머리 못 당하겠네
요럴 때
최면이라도 걸 수 있으면
낮잠이라도 들게 하고 싶어라
에너지가 부족해
손자 뒤꽁무니 쫓아가기도 벅차네
에휴
힘들어라
우리 집 개에게
손자 보는 법이라도
진작 가르쳐야 했는데

좋은 방법 너는 알고 있니?
손자 보기 힘들어

2021. 6. 19.

더위

모두 다 덥다고
나무그늘로 숨고
산비둘기마저
둥지에서 낮잠을 즐긴다
산 그늘이 큰 덩치로
어슥어슥거리면
나뭇잎은 찾아온 남풍의 입맞춤에
반짝반짝 손 흔들고
나 대신 왜가리 한 마리
긴 논골을 여유롭게 맨다
산들산들 부는 바람 따라
들녘에 들어서니
곡식들이 아침 해 떠오르듯 기운차네

2021. 6. 19.

아침의 각오

젊은 장닭의 외침
개 짖는 소리에
어둠은 소금이 물에 녹듯
아침 햇살에 녹아
밝음은 오고
야행성 동물의 세계는
어둠과 함께
숲으로 숨고
밝음 좋아하는
주행성 동물들의
기세등등한 삶이
돗자리 펼쳐지듯
이야기가 시작되는구나
부지런하고, 하고자 하는 마음을 먹고
수레에 무거운 노력을 싣고
땀 흘리며 달려볼까
힘들 텐데 아니면 수월하고 편안하고
쉬운 빈 지게를 지고
가볍게 소풍 가듯 가볼까
시간이 흘러 태양이
서산에 걸터앉으면

하루의 수확물에 무엇이 가득할까?
어떻게 하루를 물 쓰듯 흥청망청 써볼까? 고민되는 살아있는
삶에
출발선의 아침이네

2021. 6. 20.

대암 논에서

논둑에서 푸른 하늘
먼 산 푸른 숲
계곡에 흐르는 물소리에
찌르레기는 나뭇잎을 타고
신이나 노래하면
철 이른 매미도 끼어든다
멍하니 듣고
아무 생각 없이 있는 그대로 보니
나는 없고 세상만 있네
그래서 난 지금 이 순간이 행복하네
구름조각 바라보니
신선이 따로 없다
내가 신선인지
매미가 신선인지
나는 몰라
땡볕 아래서도 즐거움이 있네
천국과 지옥은 자기 마음속 편견이야

2021. 6. 21.

가족

가지 나무에 가지가 열리듯
같이 밥 먹으면서
주고받는 이야기 속에
고민은 가벼워지고
기쁨은 행복한 나눔이 된다
어디에 있어도 볼 수 있고
어디에 있어도 들을 수가 있네
가족의 품에는 행복과 사랑이 걸리고
어제라는 시간은 라디오에서 나오는
유행가처럼 좋은 기억만 남기고
오늘이라는 큰 도화지가 펼쳐지네
고민해본다
무얼 그릴지 살아가면서
가장 중요한 가족 얼굴들을
하나하나 그려 보면
내가 기죽어 있을 때
용기를 주고
카톡에 글이라도 쓰면
좋아요 하고 힘을 주는
동반자들
그래서 난 마음에 기쁨이
얼굴엔 미소가 난다

2021. 6. 24.

아침의 각오

아침 햇살은
내 창까지 차오르고
은행나무 가지에
까치 아지매 소리 요란하다
아마도 그 집 아저씨
어젯밤에 밤낚시를 즐겼나 보다
시곗바늘처럼
시간은 매일 그 자리에 서 있고
지겹지 않게
내 하는 일만 바뀌는가 보다
나중에 할 걸 하고 후회 안 하게
해야 할 일 열심히 해야겠지
그래 어차피 시작한 일
한번 해보자

2021. 6. 24.

운명(홍숙이에게)

남풍에 출렁이는
강물의 수많은 조각조각마다
그 개수만큼 많은 사연 싣고
물길 따라
그 이야기는 끝없이 이어지고
밤은 시간에 묻혀
헤아릴 수 없을 만큼 짙어지면
세상은 고요 속으로 스며들고
개구리 연가 소리에
흥이 난 달빛은 조용히
그대 가슴에서
황금을 캐듯 사랑을 캐
나의 가슴으로 그대 마음 실어 나르고
별빛은 보고도 모른 척 눈을 감네
청춘이 꿈꾸는 가슴에
청포도 익어가듯
사랑이 익어가면
다가오는 칠월은
내 인생에서 가장 멋진 달이 되겠구나
기다려진다
내 마음과 그대 마음이

한마음으로 이어져

익어가는 사랑에

소리를 듣는 그 날을

2021. 6. 25.

환갑의 봄날

따사로운 오월의 햇살이
폭포수 쏟아지듯
그 정열을 다하면
밀알은 하나, 둘
익어가고
밀고랑 깊은 곳에
까투리 한 마리
차력사 기운 모으듯
생명의 기운을 모으는 중이고
행여나 그 기운 방해자가 나타날까 봐
먼발치 밭둑에
야바위꾼으로 나선
장끼의 헛웃음 소리에
산천은 깨어나고
봄빛 아지랑이가
잔디밭을 거닐 때
푸른 청춘의 기운이
불타오르던 내 마음의 욕망은
용광로에서 나온
쇳물 식듯이 그 열기 식어가고
환갑을 넘기는 봄날의 풍경은

똑같은 봄날이 아니네
청춘이 그리워 두 눈감고 인생 지난날
페이지를 들출 때
이봐! 이 영감 봄빛 아지랑이 가락에
막걸리 곡으로
인생 아리랑 고개 넘어가는
춤 한판 어떠냐?

2021. 6. 29.

노년의 시간

청춘은 나도 모르게
모래밭에 물 스며들 듯
인생 속으로 스며들고
먼 산 바라보는 눈빛엔
그리움으로 남네
석양 노을은 빛깔 곱게 곱게
물들어 가는데
마음은 가을 하늘
달빛 속으로 나르는 기러기구나
어제오늘을 엮어보지만
뾰족한 수 없고
너와 내가 팔짱 끼고
얼굴 맞대며
듣던 음악을 들어봐도
그때 감흥은 없네
늙음이란 카드 참 시시해
가슴 설렘도 토끼 눈의 빤짝임도 없이
득도한 도인처럼 그냥 그렇게
시간이 계절의 꽃을 피우고
꽃이 지든 말든
무관심한 마음을
애써 청춘의 마음으로
물들어 보는 노년의 시간이구나

2021. 6. 29.

아침의 마음

할 일이 남았는지
미련이 남았는지
어느 전쟁터에서
부러진 장군의 칼끝 같은
새벽 반달은 새초롬한 얼굴로
중천에 머물고
어둠인지 밝음인지
안개 짙은 새벽길을
새끼 품속에서
밤을 지새운 제비는
아침 찬거리 구하러
일 나서면
희미한 세상이
취한 술에서 깨어나듯 밝아지고
오늘은 무얼 할까? 하고
백수의 고민은 시작되는구나
오늘은 나도 제비처럼 총알이 총구를 떠나듯
부지런히 살아야겠지
어디 한번 열심히 해보자

2021. 7. 1.

망중한

어둠이 놀다 떠난 빈자리에
아침 햇살이 차오르면
아침 햇살에 밀려가는 남풍은
나뭇잎과 무슨 내기를 하는지
가위바위보를 하고
아침 요기를 끝낸 백로는
경치 좋고 물 좋은 노송을 찾아
낮잠이라도 한숨 자볼 요량으로
창공을 느린 날갯짓으로
그림을 그리고
칠월의 햇살이 강할수록
나무 그늘은 두꺼워지고
더위가 기세를 올릴수록
나를 찾는 남풍은 더 시원하니
오늘은 나도 저 백로 형님처럼
매미의 사랑가 타령이 피 끓는
나무 그늘을 찾아
찌르레기 자장가 소리 들으며
꿈길에서 공자님 찾아뵙고
삶의 지혜로운 훈수 한번 들어봐야지

2021. 7. 2.

넌 뭐가 좋아

창을 여니
옥상 따라 올라간
옆집 능수화는
간밤을 지낸
새색시 얼굴같이
화사하기 그지없고
짙은 구름 속
비밀이야기를 들었는지
까치는 둥지수리에
여념이 없고
어디서 왔는지
안면 없는 전깃줄에
이름 모를 새는
실연이라도 했는지
의욕 없이 멍하니 서 있네
내일부터 장마라는데
난 무얼 해야 할까?
전깃줄 새보다 헛일이라도
열심히 하는 까치가 좋겠지
넌 뭐가 좋아?

2021. 7. 2.

술잔은 허수아비

삶의 페이지가
지겨워 힘들어
이 핑계 저 핑계로
술 한잔을
인생의 시곗바늘에 매달았더니
삶의 노선은 탈선하고
일은 엉망진창이고
날이 밝으니 기가 차네
이 고집 저 고집으로 핏대 세워
술 먹던 늙은 청춘의 기개는 어디 가고
바람 빠진 허수아비 풍선처럼
소금물 먹은 배추처럼
축 처진 내 인생아
어제 먹은 그 술이
너를 행복의 나라로 보내주더나
자고 나니
어제 고민 오늘의 현실 문제
하나도 해결 없이
밑천마저 날려버린 헛장사에 눈물이 나는구나
술잔의 도깨비놀음에
덩실덩실 춤을 춘 나는 허수아비

2021. 7. 3.

슈퍼맨

장마철이라 날씨는
인간의 우유부단한 마음같이
결심을 못 했는지
우물쭈물 흐림으로
사람 마음 헷갈리게 하고
일찍 아침 요기를 끝낸 백로는
먼 산 푸른 숲에
노송을 찾아 여행을 떠나네
진작 내가 신선이 되었다면
전설 속의 그 학을 타고
시간 여행을 갔을 텐데
아직도 욕심 많은 인간인지라
수양을 더 해야겠지
차 한잔을 홀짝이며
생각을 손바닥 뒤집듯이
이랬다저랬다
기와집을 짓는구나
삶은 엉터리 소설이야
극본도 대본도 없는 마음대로 연극
이럴 바에야 차라리 슈퍼맨이 되자
얼마나 멋지나 한번 해보자

내 마음대로 만드는 세상
슈퍼맨이 될 거야
그대도 신명 나는 하루 잘 엮어
아름다운 날들의 그림으로
가슴에 남는 날이 오늘로 기억하게
하루를 신명 나게 색칠해 보세

2021. 7. 5.

밤 데이트

늦은 저녁을 먹고
별빛도 달빛도 없는 길을 나선다
온종일 빗물에 젖은 가로등
어디로 가는지 궁금해
커다란 외눈을 깜박이고
장마철이라
구름 짙은 하늘 마음 알 길 없기에
우산을 들고 저녁 산책을 나선다
공원을 지나
풀벌레 노랫가락에
신이 난 강둑길을
피리 소리 되어 걷는다
반딧불같이 가로등의 작은 속삭임의 유혹에
젖어 가다 보니
주모가 손님 맞이하러 나올듯한 대숲이 나오고
그 숲을 지나자 어느덧 연호사 앞 강 다리 그 예쁜 밤 풍경에
심장은 홍수 쏟아지듯 쿵쾅거리고
청사초롱 치장한 밤의 강 다리
새색시 만나러 가는 낭군 같은 마음으로
그 설렘에 가슴 두근거림으로 건너간다
가로등 늘어선 큰 다리엔

애인을 만나러 가는지 작은 불빛 큰 불빛에
차는 신나게 달려가고
천년고찰 연호사 깊은 방엔
홀로 등불 밝히고 서 있는 창은 무슨 까닭일꼬
인적 드문 강 건너 동네 버들밭 산책길
오색 등불이 신이나 강물에 그네를 탈 때
밤안개는 피어나고
하얀 두루마기 입은 신선이
스키라도 타고 놀 듯한데 보이지 않고
아내 손잡은 발걸음 가벼워지고
나누는 이야기는 부드러워지는
환갑 년의 밤 데이트 참 좋으네

2021. 7. 7.

장마철의 출근길

견우와 직녀의 눈물 같은 장맛비는
그 마음 애달픔에 다 녹여내고
오늘도 대나무 숲에 걸린 구름
청산을 못 넘어갈 듯하고
며칠 햇빛 못 본 능소화는
실연당한 남자의 어깨처럼
축 처져 있고
떨어진 꽃잎엔
그대의 눈물인 양 젖어있네
여름 바캉스라도 떠났는지
요란한 까치네는 소리도 없고
누가 부르는지 골목길엔
이리저리 차들만 바삐 왔다 갔다 하는
장마철의 아침 풍경이네

2021. 7. 7.

김밥

나는 김밥을 좋아한다
어릴 적 엄마가 김밥을 쌀 때면
축제처럼 설레곤 했지
김밥은 나에게 추억이자
선물 같은 음식
손이 많이 가서 싸볼 엄두조차 못 냈는데
이젠 내가 김밥 싸는 엄마가 되었네
여러 가지 재료가 어울려서
환상적인 맛을 내는 김밥처럼
우리네 인생도
우리가 모두 어울려서 멋진 인생이 되겠지
어릴 적 우리 엄마도 피곤을 이겨내고
우리를 위해 김밥을 만들었겠지 싶어
마음이 뭉클하다

2021. 7. 7. 이성은

인내

밤이 어느 순간 낮 되듯이
우리네 삶도 희망을 가지고 살다 보면
꿈이 현실이 되는 날도 있다
어디에 복이 있는지
어디에 화가 있는지
모르지만
그저 묵묵히 내가 정한 목표를 향해
전진하다 보면
그 꿈 이루어지리라
삶의 힘듦을 오르막이라고 하자
오르막에 법칙은 반드시 내리막이 있다
지금 이 순간은 오르막을 오르고 있어
그래서 숨을 헐떡이는 거야
시간이 다 해결해 준다
다만 내가 할 일은 인내뿐이야
오늘도 잘 참는 하루

2021. 7. 8.

오늘의 각오

할 일 없이 그냥 빈둥빈둥
날씨 탓하며
할까 말까 망설이는 사이
기회의 시간은 가고
될까 말까 망설임 속에서
돈은 날아간다
그래서 결심해 본다
자신에 대한 세상에서 가장 강한 남자
돈키호테처럼 믿음이 있는 곳에
믿음을 가지고
포기 없이 오늘도 행복하게 살면
우리 식구들도 꿈과 노력이 있는 곳에
희망은 반드시 있으니
오늘도 열심히 살아 가보세

2021. 7. 9.

소나기

폭포에 물거품 일 듯
저녁노을 고운 빛깔 타고
꽃구름 일더니
어느새
먹구름이 되고
천둥 번개가
깃발을 올리니
소나기가 쏟아지네
태풍에 밤송이 떨어지듯
비 피해 떨어지듯 쏟아지듯
까치떼는 대숲으로 숨어들고
님 만나러 나서던 길
멈추어 서고
애만 태우네

2021. 7. 11.

무더위

장마가 끝났다고
개미는 새 아파트로
이사 간다고 바쁘고
날씨가 덥다고
나무에 붙은 매미
피서 가자고 아침부터 난리네
오늘도 젊은 태양은
상한가 중이고
백수는 나무 위에
앉은 비둘기 모양
갈 곳이 많네

2021. 7. 14.

웃음

무더운 여름이
질펀하게 놀던 자리
소나기 한줄기
그리워지는 마음 간절할 때
사랑이 가슴에 번지듯 젖어들듯
빗방울은 속삭이듯 스며들듯
땅을 촉촉이 적시면
빗방울 방울 사이로
님의 발걸음
발자국 소리 들리고
보고픈 얼굴이 아련히 떠오르면
김이 나는 커피 한잔이 그리워진다
봇짐을 싸매고 걷는
님 보러 나서는 길
까치 노랫소리보다 경쾌하구나
님을 만나면 무슨 소리부터 할까
보고 싶었다, 사랑한다, 예쁘다
아니야 제일 먼저 만나면 웃어줄 거야
미소 속엔 내가 너에게 품고 있는
내 마음이 녹아있는 몸짓이니까
그래서 오늘은 님을 만나면 웃음으로
내 마음 표현할 거야

2021. 7. 17.

친구

어제는 참 무더웠다
세상을 잊어도 좋을 만큼 더웠다
오늘은 세상 주인이 바뀌어
구름이 하늘에 권력을 잡았네
가물가물 슬금슬금 모여들더니
하늘에서 비가 내리네
두 눈감고 내리는 빗소리 감상하니
차 한 잔이 그리워지고
이 시간을 함께 즐길 친구를 찾아
전화를 한다
커피 한잔에
아침의 고독을 즐기자고
뭔가 할 수 있는 오늘은 즐거운 날
차 한잔을 마시며
어제는 무슨 재미나는 이야기가 있었는지
오늘은 무얼 하고 놀 것인지
물어보고 내 이야기 보다
더 재미난 놀이가 있으면
같이 놀아야지

2021. 7. 17.

여름 풍경

새벽 안개와 밤을 지새우던
숲의 요정 돌아가는 길
편히 가라고
풀잎은 이슬방울로
징검다리를 놓고
아침부터 태양의 정열은
밭둑 따라 쭉 널어선
옥수수자루에
알알이 보석이 되어 맺히고
할배는 손주 주려고
옥수수를 꺾네
땀 뻘뻘 흘려도
하나도 안 덥네
여름이 다 가기 전에
짝을 만나야 된다고
어제 노래하던 매미
오늘도 그 자리에서 노래하네
이제라도 님이 오는 길목에 가서
노래하면 좋을 텐데
낮은 하늘을 맴도는 고추잠자리 감 잡았는지
삼삼오오 떼 지어 나르고

세상 시름과 막걸리 한 잔과
바꿔 먹은 할배는
잠이 오는지 귀찮은지 낮잠을 청하고
할 일 많은 할매는
일거리를 손에 잡은 채 꾸벅꾸벅 졸고 있구나

2021. 7. 18.

한더위

문득 고개 들어 달력을 보니
오늘이 대서로구나
이름값 한다고
바람 한 점 없네
녹음 짙은 산속에서
매미 노랫소리 들린다
덥다고 외치는 건지
연인에게 갈매기가 나는 바다로
피서 가자고 조르는지
어쩌 된 일인지
모르겠네
산 넘어 고개 내민 태양은
잘 자고 일어났느냐고
해맑게 미소 지으며
풀잎에 맺힌 땀방울을 닦아주네
게으른 농부 대신에
뒷산 언덕배기 노송에
세 들어 사는 왜가리 가족들
논맨다고 연신 허리를 굽혔다 폈다 하고
담장 밑에 심어둔
포도알은 언제 익을는지

큰 눈알이 초롱초롱하고
산자락 먼발치
오래된 분홍빛깔 백일홍 꽃나무는 향기는 없지만
단아한 품격에 이쁜 모습으로
님 기다리는 여인네같이 말없이 웃고 서 있네
마을 앞 큰 정자나무 둥지에
로또 복권이라도 당첨되었는지
까치떼 소리 요란하다
나도 얼른 가서 무슨 좋은 소식 있는지
정자나무 그늘 찾아봐야겠다

2021. 7. 22.

깨달음

한숨 자고 놀란 듯이
잠 깨어나 마당에 나서니
별빛도 달빛도 없고
인가에도 불빛 없는 새벽에
견우직녀의 애끓는 가슴 아픈 사랑
이별, 만남의 하늘의 이야기
이 땅을 살다간 상사화의
애달픈 전설이
마음에 눈꽃이 되어
천천히 한 겹 두 겹 쌓이면
잠은 안 오고
날파리 날 듯
번민과 고독이 마음속으로
휘젓고 들락거리며
마음대로 사냥질을 해대는구나
난 무얼 할까
망설이다 묵혀둔 숙제
삶의 방정식을 풀고자
인생이란 문제를 화두로 걸고 잠수함을 타고
해저 바닥보다 더 깊은 심연을 들어가 본다
만남, 사랑, 이별, 생존

오욕칠정이 뒤엉킨 싸구려 물건들이
창고 가득가득 넘쳐나고
보물은 하나도 없네
인생이란 것은
이승에서 저승으로 건너가는 다리 이야기
사설이 너무 길다
다리 건너면 아무 소용도 없는 싸구려 물건들을
하나라도 더 움켜쥐고
두 개라도 더 안아 들고
열 개라도 더 짊어지고
낑낑거리며 도떼기시장 상인처럼
아우성치며 땀 뻘뻘 흘리며 가는
내 모습이 어리석은 당나귀 이야기보다
더 바보 이야기로구나
빈 몸으로 건너가면
그렇게 기분 좋고 홀가분한 소풍이 될 것인데
난 왜 그 진실을 모른단 말인가

2021. 7. 25.

세월이 가든 말든

이른 저녁을 먹고
산보를 나선다
가던 길 멈추어서
저녁 하늘을 바라보니
석양이 오색 펜으로
구름에 그림을 그리네
시시각각 변하는
그 모습에 난 반해버리고
강물 따라 어둠이 소리 없이 흘러와
가로등 하나둘 켜지면
화려한 어둠의 예술은 시작되고
여인들은 팔짱을 끼고
만남을 가지고
술 한잔에 사랑도 같이 나누는
청춘의 밤이 아름다워진다
환갑을 넘긴 나는 놀람도 없이
당황함도 없이 세월이 오든 가든
말없이 나만의 길을 간다

2021. 7. 25.

사랑 고백

8월이라 덥기도 하다
날씨는 더워도
담장 따라 파란 나팔꽃 분홍빛 나팔꽃이
이슬을 입술에 곱게 바르고
하얀 미소로 그윽이 바라보면
처녀 만난 총각처럼
가슴은 마구 총질한다
8월의 무더위가 아무리 기세등등해도
난 황소처럼 힘이 난다
나무그늘에서 조용히
님 부르는 매미의 노랫소리는
엄마가 들려주는 자장가 소리만큼
마음에 평화를 주고
흰 뭉게구름 뭉실뭉실 꽃구름에
난 너에게 사랑 고백에
연서를 써 띄우면
푸른 창공 한가운데로
유유자적 학 한 마리
부는 남풍에 노 저어간다
내 마음 싣고 너에게로

2021. 8. 4.

우리 집 포도

수정을 씻은 물에
산수화를 옮겨놓은 산 아래
부처 마음씨만큼
깊고 깊은 토심에
포도나무 심었더니
춘삼월 호시절에
벌 나비 찾아주니
그 사연 재미있어
깨알같이 많이도 열렸구나
오월에 불러주는 농부 노랫가락 소리에
무럭무럭 자라고
여름 땡볕에 세찬 소낙비가
들려주는 사서삼경을 배우고
목청 좋은 남풍이 읊조리는
시 한 수에
공자, 맹자를 배워
입추 말복이 지나니
머리에 먹물이 가득 들었구나
아마도 이번 과거시험엔 우리 집 포도가
장원급제는 따 놓은 당상일세

2021. 8. 5.

나팔꽃

동쪽 하늘에
황금빛 노다지 소리가
풍악을 울리면
태양이 행차 길 나서는 길
세상 가득가득 채웠던 어둠은
마술사 마술처럼
안개를 타고 시간 여행을 떠난다
전설의 밤 감동 사연 이야기에
풀잎에 눈물은 이슬방울이 되어
촉촉이 맺히면 아침 햇살은 사연 많은
이야기를 마음에 실어
산 넘어 동네까지 전달하네
어제 핀 나팔꽃은 우산을 접고
잎새 밑에서 세상을 꿈꾸던 동생은
하늘을 향해 나팔을 분다
나팔꽃 네꽃을 가만히 들여다보면
소년 시절의 도시로 떠나간 좋아했던
소녀의 모습으로 네게 다가와
가슴속 한편에 고이고이 간직한
어릴 적 이쁜 꿈을 진한 분 내음으로
나에게 행복을 전해주네

2021. 8. 5.

상사화

아침 햇살이 서둘러
태산을 넘어올 때
간밤의 아쉬운 꿈으로
긴 하품을 한다
어슴 밝음 속에
아침 찬거리 구하러
사냥 나선 제비의 군무는
눈꽃 송이처럼 하늘을 가른다
이른 잠 깬 까치는
낮은 목소리로
이웃에 안부를 묻고
밤새 땅속에서
비밀 사랑을 못 이룬
상사화는 눈물의 꽃을 피웠구나
잎 없이 홀로 선 내 모습이
짝 없이 홀로 사는 나와 같이
가슴 아린 아픔을 간직한
예쁜 꽃이로구나

2021. 8. 6.

봉숭아

햇살이 잘 드는
장독대 옆
드문드문 선 봉숭아 꽃나무
밤이슬에 사랑이 익어가고
여름밤 별들의 속삭임은
삶의 꿈이 되고
중복 대서 그 진한 햇살에
분홍빛 고운 꽃잎이 만개하였네
그 모습이 너무 예뻐
아침저녁으로 물 주며 예뻐했는데
세월이 무심한지
시간이 많이 흘러갔는지
꽃잎이 땅을 분홍빛 사랑으로 물들이면
옆 동네 개미네
축제를 하는지 결혼식을 하는지 몰라도
하나, 둘 나타나더니
이쁜 꽃잎 다 물고가네
나도 그 꽃잎 주어다
이쁘게 물들이고 내 마음에 사랑이 가득 고이면
내 님 찾아가 고백이라도 해 봐야겠네

2021. 8. 7.

소낙비

입추 말복에
태양은 그 기세가
하늘과 땅을 지배한
나른한 오후 시간
세상 만물이 가쁜 숨을 헐떡이고
산봉우리에는 그림같이
흰 꽃구름이 일어나더니
구름 속에 천 년을 기도하던
이무기가 용이 되어
승천하길 기다리고 있었나 보다
기도발이 약했는지
천지조화가 안 맞았는지
사방에 먹구름이 몰려들고
용이 되어 승천 못 한 이무기의 분노는
천둥 번개가 되어 하늘을 가르고
땅을 위협하더니
천 년 동안 참았던
그 서러움이 눈물 되어 쏟아지니
세상은 어둡고 사물들은 놀란 토끼 눈에
소낙비만 쳐다보더라
소낙비 쏟아진 대지엔

또 다른 꿈인 희망이 싹트더라
그래서 세상은 돌고 도는 것
참 재미있네

2021. 8. 7.

가을 하늘

흰 구름은 뜻 맞는 이 만나볼까
중천을 서성이고
산 넘어 먼 빛 하늘이
남색으로 물들면
코스모스 꽃잎 끝으로
이슬방울 맺히듯
가을이 묻어 들면
사랑 못 이룬 매미 소리
더욱더 구성져 가면
가던 세월도
뒤돌아보고
오는 가을은
산꼭대기를
서성이네

2021. 8. 9.

나만의 사랑

누구나 말없이
한번은 왔다 가는 사랑인데
나는 왜 이렇게
가슴을 아파해야 하나
두 눈을 감아봐도
잊혀지지 않는
네 모습
그대도
두 눈 감아도
내 모습
잊혀지지 않나
오늘 밤도 그대 생각에
밤하늘 별빛 보며
그대를 그리워하네
이것이 사랑인가
나만의 짝사랑인가
알 수가 없네

2021. 8. 15.

가을밤

아무것도 없는
밤하늘
오늘은 오래된
전등을 켜놓은 듯
별빛이 희미하구나
어쩌다 기억나는
지난날 이야기처럼
늦은 밤 어릴 적
옛 친구의 전화처럼
진한 여운의 편지처럼
사연 가득한 이야기를 실어
님의 가슴속에 스며드는
풀벌레의 가을 합창이
내 가슴 뭉클하게 하고
어둠 속에 숨어있던
찬 기운이 나에게 안기면
못 느끼던 무심한 세월에
감정을 느끼고
그대들이 오고 감을 알겠네
잠은 안 오고 생각에 잠겨보니
사진첩 속에 빛바랜 사진처럼

추억 속에 기억을 찾아
문득 떠오르는 생각에 행여나
지나간 내 님 날 찾아 별빛 들고
길 나섰는지 혹시나 하고
고개 들어 하나, 둘 보이는
별들 다 헤어가는 가을밤이네

2021. 8. 15.

인생 고찰

동산에 아침 해가
흰 구름에 꽃송이 되어 피어오르고
어젯밤 꿈길을 찾아 떠난
달님의 향기를 찾아
가던 길 서두를 때
어젯밤 무도회의
여흥에 빠져 아직도 취한 눈빛에 풍악을 울리는
한 무리의 풀벌레 소리
아침인지 밤인지
분간을 못 하네
인생이란 무엇이냐
살아있는 생명의 꿈 이야기
사랑이란 무엇이냐
지금 현재의 달콤한
꿀물 이야기
깨달음이 무엇이더냐
그것은 더하기 빼기 없는
현재의 생존에 이야기
생은 사의 그림자를 쫓고
사 또한 생의 그림자를 쫓아
끝없이 도는 풍차 이야기

인생이란 무엇이더냐

자전거다

삶이 앞바퀴고 죽음이 뒷바퀴로 이루어진

둘이 하나인 일심동체

깨달음 그것은 현재를 살아가는

정제되지 않는

흩어진 삶의 이야기를

묶어 놓은 한 다발의 큰 꽃다발이야

일상에 우린 젓가락 뽑듯

꽃 하나씩 뽑아 들고

웃고 우는 광대 놀이를

하고 있을 뿐

생명이 삶의 근원이고

살아있는 그 자체가

깨침이란 걸 모른다

만물의 근원은 생명이다

모든 것이

생명에서 출발해

또 다른 생명을 위해

끝난다

2021. 8. 15.

하루 일기

이른 아침
출근길
바쁜 이
갈 길 바빠
허둥지둥거리고
고민 깊은 구름은
이래 볼까
저래 볼까
깊은 생각 중이네
시원한 가을바람에
철 늦은 매미는
울었다, 그쳤다
장단을 못 맞춰
민망해하고
간밤에 무엇을 잃어버렸는지
고추잠자리는 천천히
빈 하늘을 맴도네
숲 속 한 모퉁이에서
들려오는
귀뚜라미 사랑가는
코스모스 꽃 한들거리고

그 향기는 가을 타는
남자의 가슴에 스며들 듯
젖어들 듯
촉촉이 묻어 들면
가슴이 뛴다
김이 나는 차 한잔을 즐기듯
바라보듯 천천히 홀짝이면
옛 추억 속을 거닐고
시계 종소리에
깜짝 놀라
오늘은 무엇부터
해 볼까 하고
하루 일기를 펼쳐보네

2021. 8. 18.

서산리

추운 바람 횡 불어
뒷동네의 낙엽이 떨어지는데
서산리 파란 지붕에서
따스한 밥 내음이 올라온다

땀범벅이 된 노년의 이팔청춘은
환한 웃음 띠고 새끼들을 맞아들이고
옆집 소 울음소리는
겨울의 발자국을 막아 세운다

내가 아들에게 했던
아빠가 다 지켜줄게
나도 그 품에 들어와 있구나
따스한 서산리의 품으로

사위 김동현

비상

바지런한 강아지 두 마리
천지 분간 못 하고 뛰노는데
입가 가득 미소 머금은 채
잔소리, 잔소리 할아버지

하루하루 쌓아 올린 60 인생
흘린 땀방울만 황강 뒤덮을 진데
어찌 내가 그 노고
가늠이나 하겠는고

하루살이 인생이라도
노력하면 꿀벌인들 못 될쏘냐
예쁜 꽃들 속에서
꿀 따다가 겨울이 지나면
더, 더 날아오르리

사위 김동현

11월의 첫날

찬바람이 거리를 서성이고
은행나무잎이 노랗게 물들어
떨어질 핑곗거리만
찾고 있구나
벌써 11월이네
한 해 일기 다 써간다
오늘도 할 일 부지런히 열심히 해보자
시작이 반이다

2021. 11. 1.

가족에게 보내는 편지

아침 햇살이 미끄러져 와
내 창가에 부딪히면
찬란한 황금빛 가루가
눈보라처럼 흩어지고
오늘도 먹고 살겠다고
개미보다 더 부지런히
차들은 어디론가 달아나고
달리는 차 소리는
내 마음에 울림이 되어
뭔가 해야 한다는
강박 관념으로 들썩인다
우리 가족도
바쁜 하루가 되어
알찬 하루가 되길
기원할게

2021. 11. 2.

나의 기도

햇빛에 빛바래듯
흐르는 세월에
사랑도 빛바래면
남은 세월
무엇으로 살까
인생은 기차 차량 이어가듯
어제 오늘 내일
이어가고
창가에
쏟아지는 달빛 별빛
쓸어 담아 내 님에게
선물하면
추억 속에 내 님
오늘 밤 꿈속 길에서
날 만나주려나
두 눈 감고 기도하네

2021. 11. 3.

가을 낭만

노란 국화는
찬바람 물러서라고
찐한 꽃향기를 마구마구 뿌리고
흐르는 세월에
잘 익은 노란 단풍잎 은행나무는
외다리로 논둑에 서서
사색하는 학처럼 우아하고
세월도 늦가을
단풍을 즐기겠다고
한 박자 쉬어 갈 요량으로
하늘에 구름을 모아
낭만이 있는
가을비를 내릴 생각인가 봐
나도 오늘 내 님 만나
꽃 단풍 먼 산 갈대가 거울 보는
가을 시냇가를 나아가
잉어가 불러주는 가을 뱃노래를
한번 들어보러 산보 가야겠네

2021. 11. 8.

이별의 후회

골목을 지키던 국화 꽃잎이
11월 초 어느날
한잎 두잎 겨울비에
이별 후 사나이의 눈물처럼
뚝뚝 떨어지고
알록달록한 이쁜 가을 단풍은
선녀가 그네를 탄 듯
살랑살랑 꼬리를 흔드는 것이
이별 후 여인의 눈물같이
아름답다
늦가을 비에
수북이 쌓이는
낙엽 속에서
한 잔의 술이 찾아 낸
추억이 가슴아파
눈물의 철길을
가슴 터지도록
달리고 싶다
놓친 고기가 더 크다고
너를 향한 그리움 보고픔이
산 너머 별이 보일 때까지
네 이름을 불러본다

2021. 11. 8.

코인 투자

눈을 뜨면 제일 먼저
쳐다보는 것
빨간색이면 무조건 좋다
푸른색은 무조건 싫어라
숫자의 개수만큼
행복의 만족도
올랐다
내렸다
하는 돈의 온도계
하하하
오늘도 난 살아있는
욕망과 의욕을 가진
건강한 인간의 아침을 맞이하네
그래서 욕심이 있어
건강해서 행복한 하루를 보낼 수 있을 것 같다
우리 가족들도
욕심나는 하루
신명 나는 하루
잘살아 보자

2021. 11. 18.

나는 좋아라

단풍이 낙엽 되어
인생을 이야기하는
강둑길
강물이 갈댓잎 사잇길로
세월을 태워 나르고
흰 구름 섬에
홀로 반짝이는 별빛 등대는
고기잡이 나아간
어부를 기다리는
아낙의 간절한 마음같이 애절한데
푸른 하늘 노 저어 가는
보름달은
춘향이 태우고
뱃놀이 꽃놀이
떠나가는 이몽룡이 마음같이
느긋느긋하게 세월 타령
사랑 타령을 즐기고
밤 깊은 고요한 밤
겨울밤에 고운 님 손 꼭 잡고
걷는 내 마음은 걸음마다
발자국 소리마다

하나도 안 지겹다
아마도 오늘 밤은
너무나 행복한 밤 이야기 되겠네
사랑도 생기고
하늘과 땅과 인간의
조화로운 인연의 사랑 매듭 끈
나는 너무 좋아라

2021. 11. 18.

사랑하는 남편의 시집 출판에 부쳐

88올림픽 하던 해
초등학교 동기로 만난
신랑과 결혼해서
예쁜 두 딸을 낳고
또 딸들이 손자, 손녀를 낳아
사위들과 같이 맞이하는 환갑
이 얼마나 기쁜 일인가?
3년 산 것 같은데 33년을 훌쩍 지나가 버렸네
너무나 행복했던 시간들~
이제 환갑을 맞이하여
신랑의 희망이었던 시집을 낸다고 하니
감회가 새롭고 가슴이 뭉클하네요
지금까지 우리 가정을 잘 이끌어 주고
열심히 살아 준 당신
앞으로도 건강하고 행복해요
정말 고맙고 사랑합니다.
축하합니다.

2021. 11. 18. 홍숙이가

나의 아버지(feat. 당신의 시절을 만난다면)

새벽 밤 찬 공기를 마시며 일어납니다.
밖은 어둑어둑하고, 세탁실 너머 마을 암탉의 울음소리를 듣
습니다.
나의 아버지,
당신 생각에 가슴이 뭉클해져 옵니다.
당신이 살아왔을, 지나왔을 지난 60여 년의 세월.
소띠가 다섯 번 돌아왔을 그 세월을.

유년기 지지리도 없는 집에서 태어나 못 먹고 못 입었고
태어나기를 약하게 태어나 살 수 있을까 항상 걱정이었던,
그리고 막노동, 술집 종업원으로 고생 고생하셨던
당신의 지나온 시절,
그 시절의 끝에서 아버지 당신은 글을 씁니다.

사실 사는 게 바빠 제대로 읽지도 못했습니다.
그럴 마음의 여유가 없었는지도 모릅니다.
당신의 딸인 나도,
당신이 지나왔던 그 시절을 살아내고 있었으니까요.
일이 힘들고 마음이 답답해
높은 산에 올라가 북을 둥둥 치고 싶었다던
아버지 당신의 이야기가 생각났습니다.

나도 그 북이 찾고 싶어졌습니다.

아버지, 나의 아버지,
그 북을 찾고 싶은 오늘 아버지 당신이 무척이나 보고 싶습니다.
평생을 일만 해오신 나의 아버지,
그런 아버지처럼 살지 말아야지 했는데,
나도 내 가족을 위해 마음속 숨겨둔 북을 되뇌며
참고 참고 또 참고 하루를 살아내고 있습니다.

진부하게 다시 태어나면 제 아들로 태어나달라는 말은 하지
않겠습니다.
대신 가여웠던 유년기의 어린 아버지를 만난다면
우리 준희, 재희를 안듯이 힘껏 안아주고 싶습니다.

조금만 나태해지면 자식에게 가난의 굴레를 물려줄까
소처럼 일만 했던 그 시절의 아버지를 만난다면
조금은 쉬어도 괜찮다고 말해주고 싶습니다.

그리고 오늘, 아버지 당신을 만난다면
무척이나 사랑한다고 말하고 싶습니다.

아버지, 당신은 언젠가 우리 곁을 떠나겠지만
아버지, 당신의 시는 우리 가슴속에서 영원할 것입니다.
아버지 사랑합니다.

이용화

사랑하는 우리 아버님 어머님

봄, 여름, 가을, 겨울
대한민국 사람이라면 누구나 겪는 4절기
모두가 당연하게 생각하는 4절기 속에
사람들은 하루하루 살아갑니다.

그리고 봄, 여름, 가을 그 겨울 속에
언제나 그랬냐는 듯이 매년 다르지만 같은 삶이 반복됩니다.
사람들은 이렇게 반복되는 삶 속에
얽히고설킨 실타래처럼 많은 인연을 만나고
그 인연들에게 소중한 것들을 얻게 됩니다.

제가 가진 많은 인연 중
가장 소중한 인연을 만나게 해주신 우리 아버님 어머님

인생을 살아가는 데
훌륭한 스승을 만난다는 건
세상을 살아갈 지혜를 쉽게 터득할 수 있다는 것이며,
훌륭한 스승이 많아진다는 건
너무 행복한 일입니다.

세상을 살아가는 데 많이 부족한 저에게
훌륭한 스승님이 되어주신 우리 아버님 어머님.

경작지의 작물들이 좋은 열매를 맺기 위해선
농부의 땀과 결실, 토양의 비옥함, 날씨 등이 우리에게 알려진
요건이라고 할 수 있습니다.
모두가 다 아는 이 요건들을 충족시킨다면 좋은 상질의 열매
를 수확할 수 있습니다.
상질의 열매보다 우수한 최상 질의 열매를 수확하기 위해선
남들은 모르는 다른 노하우가 필요합니다.

세상을 살아감에 있어, 남들은 모르는 노하우를
전수해주신 우리 아버님 어머님

크나큰 은혜를 주셔서 감사합니다.
이렇게 주신 크나큰 은혜 꼭 보답할 수 있도록
열심히, 그리고 행복하게 살아가도록 하겠습니다.

감사하고 사랑합니다.

사위 김민재

부모가 되어 보니

어린 시절 나에게 부모님은 두려울 거 없고 못 할 것도 없는 슈퍼맨이었습니다.

어린 시절 나에게 부모님은 큰 어른처럼 느껴졌습니다.

내가 그 시절 부모님 나이가 되어보니 알겠습니다

그 시절 부모님은 젊고 어린 고작 30대 청년이었다는 것을요

하고 싶은 것도, 먹고 싶은 것도, 사고 싶은 것도 많은 젊은 청춘 남녀가 저희를 위해 많은 것을 포기하고 희생했다는 것을 부모가 된 지금에서야 깨닫습니다.

직장가서 하루종일 일을 하다 보니 생각이 많아집니다.

우리 아빠도 하루종일 힘든 하루를 보내고 지친 몸을 이끌고 우리에게 줄 핫도그를 사 들고 집에 왔다는 것을 이제야 깨닫습니다.

아빠는 퇴근길에 우리에게 종종 핫도그와 빵을 사 오셨습니다.

어린 시절 아빠가 사오신 간식거리가 얼마나 기다려지던지요.

이제는 내가 퇴근길에 보빈이에게 줄 과자를 사서 돌아갑니다.

직장에서 힘들고 지친 몸을 이끌고 퇴근하는 차 안에서는 많은 생각이 듭니다. 우리 부모님도 이런 힘든 하루하루를 보내며 우리를 키웠겠구나 싶어 고맙고 미안한 마음이 듭니다.

부모님이 그렇게 몇십 년을 일해서 딸 둘 대학도 보내고 취직도 시키고
결혼도 시켜서 어느덧 환갑이 되셨습니다.
자신들을 위해선 돈 한 푼 쓰지 않고, 해외여행 한번 가지 못하고, 아끼고 아껴서 자식들 뒷바라지 평생 하다가 나이 드신 거 같아 마음이 아픕니다.

지금도 자식 고생한다고 용돈 주시고, 손자 손녀까지 봐주시면서도 본인보다 자식 걱정 먼저 하시는 부모님
그 큰 은혜를 어떻게 갚을 수 있을까요?

부모님이 주신 은혜 다 갚진 못하겠지만, 두고두고 평생 마음속에 간직하며 열심히 살아가겠습니다. 60년을 사시느라, 33년을 자식 키우느라 고생 많으셨습니다.
육십은 또 다른 인생의 시작이라는 말이 있는 것처럼 부모님의 인생 제2막은 꽃길만 걷길 바라겠습니다. 사랑합니다.

둘째 딸 이성은